# AF303023

Tucholsky Wagner Zola Scott Sydow Freud Schlegel
Turgenev Wallace Fonatne Twain Walther von der Vogelweide Fouqué Friedrich II. von Preußen
Weber Freiligrath Frey
Fechner Weiße Rose von Fallersleben Kant Ernst Frommel
Fichte Richthofen
Engels Fielding Hölderlin
Fehrs Faber Flaubert Eichendorff Tacitus Dumas
Eliasberg Ebner Eschenbach
Feuerbach Maximilian I. von Habsburg Fock Zweig Eliot Vergil
Ewald
Goethe Elisabeth von Österreich London
Mendelssohn Balzac Shakespeare Dostojewski Ganghofer
Lichtenberg Rathenau Doyle Gjellerup
Trackl Stevenson Hambruch
Mommsen Tolstoi Lenz Hanrieder Droste-Hülshoff
Thoma Hägele
Dach Verne von Arnim Hauff Humboldt
Reuter Rousseau Hagen Hauptmann Gautier
Karrillon Garschin Baudelaire
Damaschke Defoe Hebbel
Descartes Hegel Kussmaul Herder
Wolfram von Eschenbach Schopenhauer Rilke George
Bronner Darwin Dickens Grimm Jerome
Melville Bebel Proust
Campe Horváth Aristoteles Voltaire Federer Herodot
Bismarck Vigny Barlach Heine
Gengenbach Grillparzer Georgy
Storm Casanova Tersteegen Gilm
Chamberlain Lessing Langbein Gryphius
Brentano Lafontaine
Claudius Schiller Kralik Iffland Sokrates
Strachwitz Bellamy Schilling
Katharina II. von Rußland Gerstäcker Raabe Gibbon Tschechow
Löns Hesse Hoffmann Gogol Wilde Vulpius
Gleim
Luther Heym Hofmannsthal Morgenstern
Klee Hölty Goedicke
Roth Heyse Klopstock Kleist
Luxemburg Puschkin Homer Mörike Musil
La Roche Horaz
Machiavelli Kierkegaard Kraft Kraus
Navarra Aurel Musset Lamprecht Kind Kirchhoff Hugo Moltke
Nestroy Marie de France Laotse Ipsen Liebknecht
Nietzsche Nansen Ringelnatz
Marx Lassalle Gorki Klett Leibniz
von Ossietzky May vom Stein Lawrence Irving
Petalozzi Knigge
Platon Michelangelo Kafka
Sachs Pückler Kock
Poe Liebermann Korolenko
de Sade Praetorius Mistral Zetkin

Der Verlag tredition aus Hamburg veröffentlicht in der Reihe **TREDITION CLASSICS** Werke aus mehr als zwei Jahrtausenden. Diese waren zu einem Großteil vergriffen oder nur noch antiquarisch erhältlich.

Symbolfigur für **TREDITION CLASSICS** ist Johannes Gutenberg (1400 — 1468), der Erfinder des Buchdrucks mit Metalllettern und der Druckerpresse.

Mit der Buchreihe **TREDITION CLASSICS** verfolgt tredition das Ziel, tausende Klassiker der Weltliteratur verschiedener Sprachen wieder als gedruckte Bücher aufzulegen – und das weltweit!

Die Buchreihe dient zur Bewahrung der Literatur und Förderung der Kultur. Sie trägt so dazu bei, dass viele tausend Werke nicht in Vergessenheit geraten.

Das misslungene Opfer

Therese Huber

Impressum

Autor: Therese Huber
Umschlagkonzept: toepferschumann, Berlin

Verlag: tradition GmbH, Hamburg
ISBN: 978-3-8472-7074-4
Printed in Germany

Ziel der TREDITION CLASSICS ist es, tausende deutsch- und fremdsprachige Klassiker wieder in Buchform verfügbar zu machen. Die Werke wurden eingescannt und digitalisiert. Dadurch können etwaige Fehler nicht komplett ausgeschlossen werden. Unsere Kooperationspartner und wir von tradition versuchen, die Werke bestmöglich zu bearbeiten. Sollten Sie trotzdem einen Fehler finden, bitten wir diesen zu entschuldigen. Die Rechtschreibung der Originalausgabe wurde unverändert übernommen. Daher können sich hinsichtlich der Schreibweise Widersprüche zu der heutigen Rechtschreibung ergeben.

Therese Huber

Das misslungene Opfer

Eine Erzählung

Franz Herrmann an Gustav Sander

Nach eilf Jahren bin ich wieder auf europäischem, auf deutschem Boden. Das Komptoir, und die Horden der Wilden, von denen ich Felle eintauschte, waren in diesen eilf Jahren meine ganze Welt. Nun habe ich Lebewohl gesagt den wilden Ufern des Ohio, den rauhen, kaum denkenden, und doch so menschlich fühlenden Wilden, mit denen ich so lange in jenem Weltteil am liebsten lebte. – Hast du dort, wo die Sonne aufgeht, dein Weib, daß du von uns willst? So fragten die Barbaren – Ich habe kein Weib dort – o Gott! – aber die Sonne geht ja dort auf – ich habe kein Weib, und doch will ich von Euch – –

Da war ich im Begriff, wie schon so oft, ihnen Dinge zu sagen, die in Europa nie über meine Lippen kommen dürfen, die sie nicht verstehen konnten, die sich aber in ihren Augen gespiegelt hätten, denn ihre Augen ahneten Sehnsucht, und sprachen Mitleid –

Meinst du, ich werde offener sein in Deutschland, als ich es in Amerika war? du klagtest oft über mich, Gustav – Meinst du, ich sei weniger exzentrisch geworden? Zum Lachen ist es schon. Ein wohlhabender, rechtlicher Mensch von vierundzwanzig Jahren verläßt seine stattliche Vaterstadt, um in Philadelphia ein Haus anzulegen, und mit den Tscherokesen und Irokesen zu handeln – welch ein ausschweifender, unsinniger Einfall! Nun komme ich zurück – ja das Genie ist, trotz einiger gutherziger Geniestreiche, vor denen den Rechenmaschinen meiner Vaterstadt die Haut schaudern würde, sogar weicher geworden, was freilich dem Publikum wieder einen günstigen Begriff von mir beibringen müßte – aber wie würde man dagegen Zeter rufen, wenn man wüßte – was du nicht einmal ahnest, Gustav!

Verschiedene Geschäfte werden mich noch einige Wochen hier aufhalten. Dann eile ich zu dir. Bis dahin aber mußt du mich wieder in die Welt einführen; du mußt mir schreiben, was meine alten Bekannten, Gönner, Freunde machen – Besonders von einer Person mußt du mir schreiben, was du weißt: von einer Madame *Grünau*, meiner Stiefschwester. Du erinnerst dich vielleicht nicht einmal, daß ich sie kaum kannte, als wir in **berg* beisammen waren. Sie war meiner Stiefmutter Kind aus ihrer ersten Ehe. Als ich aus dem väterlichen Hause kam, war ich zehn, sie vier Jahre alt. Erst nach meines

Vaters Tod, und meiner Trennung von dir, machte ich eigentlich ihre Bekanntschaft. Sie tat eine Heirat, die unsern weisen Herren und Damen nicht anstund. Ich ging darüber nach Pennsylvanien. Seitdem hat ihr Mann, wie man mir geschrieben hat, Bankerott gemacht, und nun arbeitet er im *Felderschen* Komptoir. Ich freue mich, sie wiederzusehen, sie zu überraschen – nein, überraschen sollte man nie wollen, sowenig wie auf das nächste Jahr, auf den nächsten Tag rechnen – sowenig, wie man hoffen sollte, daß eilf Jahre in einem fremden Weltteile – –

Du wirst mir also etwas von *Mariannen* schreiben – und überhaupt von allem, was Euch jetzt dort beschäftigt, interessiert. – Ich fürchte mich zuweilen vor dem Augenblick, wo ich dich wiedersehen werde. Wenn du nicht mehr der alte Gustav wärest! – du warst immer soviel vernünftiger, und – – O das weite Meer müßte mich wieder dahin tragen, wo die Sonne untertaucht, und meine Wilden würden mich noch kennen – –

Gustav Sander an Franz Herrmann

Glück zu im Heiligen Römischen Reiche! deine Rückkehr kommt mir fast so unerwartet, wie ehemals deine Abreise. Es muß sich nun zeigen, welcher von den beiden Streichen der tollste war. Den Ärger, den mir der erste machte, fühle ich jetzt noch, nach eilf Jahren. Man hatte studiert, war gereist, hatte Protektion, und Geld in der Tasche, man konnte Regierungsrat werden, sobald man wollte – und geht auf und davon, schifft sich nach Amerika ein, treibt Pelzhandel! Und ich armer Teufel, ohne andre Unterstützung als das satte Mitleid der Tagdiebe und Schlemmer, die meinem Vater sein Vermögen hatten vertafeln und verspielen helfen, mußte mich in allen Antichambern-Infamien herumtreiben, bis ich jetzt im fünfunddreißigsten Jahre auf dem Punkte bin, wo du im vierundzwanzigsten warst, und die Menschen habe verachten gelernt, wie den Kot auf der Straße –

Geck ehe du gingst, Geck nun du wiederkommst! – daß deine Wilden ihren Feinden das Fell von der Hirnschale abziehen, und sich zuweilen ein Stück Feindesfleisch schmecken lassen: darum halte ich sie für besser als uns, und ich mache hierzulande vor manchem leeren Hirn artige Reverenzen, dem ich dort – –

Den tollen Gedanken danke ich dir, und danke dir ihn von Herzen. Du bist es, zu dem ich zum erstenmal seit neun Jahren sage: es ist ein erbärmlich Geschlecht, unter welchem ich lebe, für welches ich arbeite – und ich bin so erbärmlich, so schal, so abgestanden, wie einer von ihnen!

Ob ich noch der alte Gustav bin? – Nun, insoweit doch, daß es mir noch möglich ist, mit dir Phantast zu sein. Denn den Phantasten muß man machen, um deinen Brief ohne Verdruß oder Spott zu lesen. Da ist ja kaum eine geendigte Phrase, kaum ein gesunder Gedanke. Die wenigen Sendschreiben, die ich aus Amerika von dir erhalten habe, waren zwar nicht viel zusammenhängender, aber die statistischen Beobachtungen und die Handelsnachrichten waren so brav, daß unserm erlauchten Finanzdirektor, als ich sie ihm mitteilte, zum erstenmal das Licht aufging, der Schmerlenbach, der bei der Residenz plätschert, sei nicht schiffbar: sonst würde er wahrlich mit deinem Kalbe gepflügt, und mit seinen Spekulationen im Seehandel das ganze Land in Erstaunen gesetzt haben.

Eine Stiefschwester? – das ist wohl wieder eine neue Komödie. Du solltest Gott danken, daß du dich mit keinen Vettern und Basen zu schleppen brauchst. Gib dir um des Himmels willen keine Mühe, Bande wieder anzuknüpfen, die zerrissen sind.

Übrigens ist der Grünau ein sehr braver und gescheuter Mann. Das Haus, in dem er arbeitet, hat in diesem Kriege viel Zahlungs- und Lieferungsgeschäfte gehabt. Weil er mehrere Sprachen sehr gut spricht, ist er viel gebraucht worden, und genießt weit mehr Achtung, als unsre betitelten Hohlköpfe solchen wackern Leuten sonst gönnen mögen. Er ist ein exzellenter Gesellschafter, lacht, wenn er Geld im Spiel verliert, weiß aufzuhören, wenn er kein Glück hat, ist auf eine Weise artig, die niemandem erlaubt, unartig zu sein –

Von der Frau kann ich dir ehrlicherweise nichts sagen, ohngeachtet ich mehr Lust hätte, Böses von ihr zu sagen. Sie ist von der Art Weiber, die ich scheue, wie die Pest. Immer mit einem Schwärm von Kindern umgeben, die sie, wie es scheint, so halb und halb *à la Rousseau* erzieht – sie soll sehr viel Verstand haben, sehr viel Verdienst – langweilig mag sie aber doch sein, denn ihr eigner Mann muß sich selten eine Viertelstunde hintereinander zu Hause aufhalten. Sie ist noch recht hübsch, ob sie gleich die vielen Kinder hatte –

Wollte ich dir aber nun mehr von ihr sagen, so müßte ich's lügen; denn wie gesagt, ich kenne sie so gut, wie gar nicht. Ihn finde ich täglich auf dem Kaffeehaus; aber weiter bekümmere ich mich um ihn so wenig, wie um sonst jemanden, bis ich ihn brauche.

Glaub mir, Bruder, in der Blindheit, in welcher wir nun einmal zu tappen haben, gibt es keine positive Tugend, als unsern Vorteil zu bedenken, und keine negative, als andern nichts zu schaden. Wer das erste versäumt, ist ein Narr; wer das andre für unnötig hält, ist ein Dummkopf, denn er steht damit seinem eignen Vorteil im Wege. Aber niemanden schaden, und voreilig teilnehmen an fremdem Schicksal, sich mit eines jeden Unglück zu schaffen machen: das sind himmelweit verschiedne Dinge.

Ich habe ja auch für andre gearbeitet, und dabei gedarbt. Niemand wußte mir's Dank; niemand half mir, wenn ich Hülfe brauchte. Wer mich mit barem Gelde bezahlen kann, der hält das empfangne Gute für wettgemacht, und wenn ich meine besten Kräfte daran gesetzt hätte. Wer mir nichts dafür zu geben hat, wirft lieber einen Groll auf mich, freut sich, Unrecht an mir zu finden, rechnet meine Wohltaten oder Dienste, und meine Fehler, gegeneinander ab.

So bezeuge dann Grünaus soviel Freundschaft, als du willst und vermagst; im übrigen aber lebe frei, wie ich. Keine andern Freunde, als die man auf dem Kaffeehaus oder bei einem Punsch brauchen kann! – Es hängt nur von dir ab, so wirst du glücklich leben, wie ein Gott; du bist reich und unabhängig – Unabhängig! Ach, das köstliche Wort! – Vielleicht wäre ich auch ein menschenfreundlicher Narr geworden, wie du, wenn ich Vermögen gehabt hätte. Ihr Reichen, wenn ihr den Sparren der Freigebigkeit habt, seht die Menschen meistens nur von der schönen Seite, die sie herauskehren, um Euch den Beutel zu leeren. Wir armen Glücksritter hingegen, wir lernen die liebe Menschheit so recht in ihrer schmutzigsten Blöße kennen, wie ihr das Necken, die Schadenfreude, die Herrschsucht so ganz angeboren ist. Aber ich bin des Geschmeißes auch so satt! – Wenn ich hunderttausende besäße, ich fände Mittel, sie für mich allein aufzubrauchen. Sieh, ich bleibe manchmal Rechnungen zu Monaten schuldig, nur damit ich so einen Handwerksmann nicht den niederträchtigen Bückling machen sehe, mit dem er mir es dankt, ihm gegeben zu haben, was sein gehört.

Der Mann, an welchen sich Herrmann bei seiner Rückkehr nach Deutschland zuerst wendete, paßte durchaus nicht zu ihm; aber sie waren ehemals innig vertraute Freunde gewesen. Sie hatten sich in ihrer ersten Jugend auf der **er Akademie getroffen: Herrmann, mit allen Vorzügen der Natur und des Glücks begabt; Sander, ohne Vermögen, ohne angenehme Bildung, war zufälligerweise dem Fürsten aufgestoßen, der seinen ausgezeichneten Verstand bemerkte, und ihn in seine Erziehungsanstalt aufnahm. Was ihn von der übrigen Jugend des Instituts isolierte, verband ihn mit Herrmann, dessen großmütiges, schwärmerisch weiches Herz sich's eifrig angelegen sein ließ, die Ungleichheit wegzuräumen, welche das Glück zwischen ihm und dem armen Gustav gestiftet hatte. Gustav hatte eine glückliche Kindheit gehabt, und war zu lachenderen Aussichten geboren; aus jener Zeit hatte er einen desto brennenderen Ehrgeiz in seine untergeordnete Lage mit hinübergenommen, als die Mittel, ihn zu befriedigen, nun auf seinen eignen Kräften allein beruhten. Herrmanns Zuvorkommen war das erste wohltätige Gefühl, das ihm seit langer Zeit wieder zuteil wurde; indessen nahm er es anfangs mit zurückhaltender Scheue auf, weil der Knabe fürchtete, statt eines Schulfreundes, einen Beschützer an ihm zu finden. Aber Herrmanns lebhafte Offenheit beseitigte bald jedes Mißverständnis; hatte ihn erst Herzensgüte zu Gustav gezogen, so war bald Neigung daraus geworden: sein Ungestüm und sein regsames Gemüt brauchten geduldiges Gehör, und dieses gewährte ihm Gustavs Charakter; seine unruhige Wißbegierde, die ihn mitunter am Lernen hinderte, machte ihm den sichern gemessenen Gang, den sein Freund in seinem Studieren befolgte, sehr nützlich. So banden nach und nach Ernst und Spiel sie gleich fest aneinander. Herrmanns Ansehen unter seinen Kameraden verbesserte Gustavs Verhältnis gegen sie; der Fleiß des jungen Menschen tat das Übrige, und empfahl ihn der Wohltätigkeit des Fürsten so sehr, daß er in den Stand gesetzt wurde, mit Herrmann zugleich die Universität zu besuchen. Hier waren sie ebenso unzertrennlich, wie auf der Schule; je mehr sich zwar ihre Charaktere entwickelten, desto mehr Verschiedenheit zeigte sich zwischen ihnen – desto inniger aber schien ihr Umgang zu werden. Gustav, der die Mittel, fortzukommen und ein Ziel zu erlangen, so früh berechnen mußte, zwang nicht nur seine Leidenschaften sehr bald, seiner Vernunft zu folgen, sondern sie schossen nicht einmal ganz in ihm auf; er ward mäßig, sparsam, geschmeidig, mit aller Anlage und Kraft zu den entgegengesetzten Trieben: Tugend war es nicht, sondern Klugheit; Heuchelei konnte man es ebensowenig nennen, denn was er war, war er vor sich selbst, wie vor andern. Herrmann, dem alles zu Gebot stand, um jeden Zweck zu erreichen, hatte in sich selbst ungleich mehr zu bestreiten, was ihn bald auf diesen, bald auf jenen Irrweg verleitete, und gern ließ er sich von seines Freundes Klugheit, die damals noch nicht Herzlosigkeit war, zurückführen.

Nachdem sie ihre Studien beendigt hatten, trennte sich ihr Weg. Gustav wurde angestellt, und mußte sich durch alle Krümmungen der Dikasterialbeförderungen hindurchwinden. Herrmann war, zum erstenmal seit mehreren Jahren, wieder in das väterliche Haus gekommen. Er fand sich dort in einer ihm ganz fremden Welt; wie er es verlassen hatte, war sein Vater eben zum zweitenmal verheiratet; in der Zwischenzeit starb dieser: jetzt lernte Herrmann seine Stiefmutter, die er ehemals kaum gesehen hatte, als eine Frau von vielem Charakter, großem Verstand und ausgezeichnetem Geist, aber ohne Geschmack und Gefühl, kennen; in Mariannen, ihrer Tochter erster Ehe, seiner zugebrachten Stiefschwester, fand er alle Vorzüge der Mutter, durch weibliche Grazie und Sanftheit verschönert. Sein Verhältnis zu ihr war anfangs sehr reizend; es war erlaubt, es war sogar schicklich, daß sie als Geschwister zusammen lebten, und der Umgang hatte dabei ein höheres Interesse, als er zwischen Geschwistern zu haben pflegt. An Gefahr dachte niemand; Marianne gewann den neuen Bruder täglich lieber, blieb aber vollkommen unbefangen: der arme Herrmann hingegen fing bald an, aus seiner Rolle zu kommen. Er hatte, so jung er war, gelebt und geliebt; aber das innige Gefühl, das ihn in Mariannens Nähe täglich mit immer sanfterer Wärme durchglühte, überzeugte ihn, daß er erst jetzt mit der wahren Liebe bekannt wurde. Bei dieser Überzeugung wurde es ihm immer schwerer, den bloßen Bruder zu spielen, und doch fühlte er, und fühlte es mit Besorgnis und Schmerz, wieviel Glück der Liebhaber dem Bruder zu verdanken hatte. Marianne war zwar gegen ihn, aber nicht in sich selbst unbefangen. Er hätte nicht geliebt, wenn dieses Rätsel nicht Eifersucht bei ihm erregt hätte. Er sah zwar keinen Nebenbuhler um sich; aber daß Marianne, das junge, gefühlvolle Mädchen, so ganz nur Schwester gegen ihn war, ließ ihn ahnen, daß ihr Herz schon verschenkt wäre.

Seine Ahnung wurde bald Gewißheit. Die Mutter hatte Achtung und Zutrauen zu ihm gefaßt. Sie zog ihn eines Tags über ein Verhältnis zu Rate, in welches ihre Tochter, nach ihrem Urteil sehr törigerweise, sich mit einem jungen Fremden ohne Vermögen, ohne Aussichten, der auf einem der ansehnlichsten Komptoirs arbeitete, eingelassen hatte. Sie wußte dem jungen Manne sonst nichts vorzuwerfen, und hatte keinen sichereren Grund zu ihrem entschiednen Widerwillen gegen diese Verbindung, als die Überzeugung, daß die Liebe ein Hirngespinst sei, welches in der Ehe verschwinde. Wie Leute dieses Glaubens pflegen, zählte sie alle ihr bekannten, unglücklichen Ehen her, die aus Liebe geschlossen worden waren, und meinte ihren Beweis durch ihr eigenes Beispiel zu vollenden, da sie zweimal ohne Liebe, das einemal aus Gehorsam, das andremal aus eigner Vernunft, geheiratet hätte, und in beiden Verbindungen glücklich gewesen wäre.

Herrmann sah sich auf einmal in der bedrängtesten Lage. Der Schmerz der Eifersucht brannte in seinem Herzen; zugleich fühlte er seine Großmut aufgerufen: er mußte hier Ratgeber, Mittler sein; er durfte nicht, um *seiner* Liebe willen, unedel und selbstsüchtig in jene Lästerungen gegen die Liebe einstimmen; er mußte sich und seine liebsten Wünsche vergessen, mußte ganz Mann, ganz Bruder und Freund sein – und, um ihn vollends aus dem Gleichgewicht, dessen er so sehr bedurfte, zu bringen, zeigte ihm mehr als eine Äußerung der Mutter, daß sie *ihm* ihre Tochter mit Freude geben würde.

Madame Herrmann hatte zu wenig Begriffe von der Liebe, um in des jungen Mannes Benehmen bei diesem Gespräch, in der verhaltenen Heftigkeit, mit welcher er sie anhörte, in seiner Ängstlichkeit, von der peinlichen Unterredung loszukommen, etwas anders zu ahnen, als daß ihre Politik gelänge, und er ihre Absicht, Mariannen lieber mit ihm zu verbinden, verstünde. Doch auch in seiner Verwirrung behielt sein Edelmut die Oberhand, und er tat sogleich mehr gegen seine Liebe, als er bei größerer Fassung vielleicht vermocht haben würde. Er sagte der Mutter, um von der Sache zu urteilen, müßte er den jungen Mann kennenlernen, und seine Schwester beobachten; denn, um ihre Leidenschaft zu bekämpfen, würden Gründe erfordert, die ihr mehr gälten, als der Mangel an Vermögen.

Madame Herrmann bat ihn, lieber ohne Umschweife mit Mariannen zu sprechen, und ihr eine Torheit auszureden, die unmöglich so viel zu bedeuten haben könnte, daß es eines so langen und methodischen Umwegs bedürfte. Marianne unterbrach das Gespräch durch ihren Eintritt; sie ließ, wie es schien absichtlich, Herrmanns Betroffenheit und verstörtes Wesen unbemerkt; ihre Mutter, welche alles zum Vorteil ihrer Wünsche auslegte, hielt den Augenblick für gelegen, und zweifelte nicht, daß sie Herrmann ganz so gestimmt hätte, wie er es sein müßte, um mit dem besten Erfolg mit ihrer Tochter zu reden. Sie entfernte sich, indem sie den jungen Leuten ankündigte, daß sie auf einige Stunden ausginge.

Herrmann ging glühend und zitternd im Zimmer umher; Marianne saß ruhig, aber ernst und wehmütig bei ihrer Arbeit. In Herrmanns Herzen war ein solcher Streit von Empfindungen, daß es ihm nicht in den Sinn kam, jetzt zu einer Erklärung zu schreiten. Unter andern Umständen wäre er von dannen geeilt; aber der Argwohn, mit welchem der eifersüchtige Liebhaber das Gut doch bewacht, das er nie besitzen soll, hielt ihn, ihm selbst unbewußt, zurück.

Marianne verband mit dem weichen Gefühl einen kühnen und festen Sinn. Überlegt und sanft nahm sie das Wort. Herrmann, sagte sie, ein guter Engel hat Sie zu uns geführt. Tun Sie, was meine Mutter Sie bat; es ist vielleicht das einzige Mittel, Ihrem Herzen, das noch keinen Schmerz kannte, den ersten zu ersparen –

Herrmann schwanden alle Sinne, wie sie zu reden anfing. Noch begriff er sie nicht, und doch fühlte er, daß diese Bereitwilligkeit, ihn als Vertrauten ihres Geheimnisses anzuerkennen, seinen Hoffnungen das Urteil entschiedner sprach, als alles, was ihm die Mutter entdeckt hatte. Er war nicht imstande, sogleich zu antworten. Marianne fuhr fort: Erstaunen Sie nicht; meine Mutter ist mir nur zuvorgekommen – ich sah schon lange diesen Schritt als meine letzte Zuflucht an. Daß meine Mutter, obschon mit ganz andern Absichten, einen ähnlichen tun wollte, mutmaßte ich seit heute früh, und jetzt habe ich Ihnen angesehen, daß Sie unterrichtet sind. Aber Sie wissen nicht alles, meine Mutter weiß nicht alles – ich liebe, und werde geliebt; aber welche innige, für das ganze Leben entscheidende Liebe es ist, das wissen Sie nicht, und meine Mutter begreift es nicht – sie begreift nicht, wie eine solche Liebe alles veredelt, wie sie zu Schritten berechtigt – – Marianne war aufgestanden; sie sprach mit schamhafter Begeisterung – jetzt stockte sie, den funkelnden Blick auf den noch immer stummen Herrmann gerichtet – Nur eine solche Liebe, sagte sie, kann mir die Hoffnung geben, daß Sie, Sie, Bruder! der Stifter unsers Glücks sein werden – –

Herrmann rief schmerzlich: Marianne! und sank mit dem Gesicht auf die Hand, die das Mädchen im Feuer ihrer Rede auf die seinige gelegt hatte.

Sie hob wieder an: Herrmann, Sie lieben mich – es wäre eine meinem Charakter fremde Verstellung, wenn ich Ihnen verschwiege, daß ich Ihre Neigung bemerkt habe. Diese Entdeckung selbst flößte mir die Hoffnung ein, daß ich nun finden würde, was mir immer fehlte: einen Ratgeber, einen Freund, einen Fürsprecher bei meiner Mutter. Ein Herz wie das Ihrige spornt die Liebe zu allem an, was edel und gut ist. Lernen Sie meinen Grünau kennen. Reden Sie mit ihm die Mittel zu unserm Glücke ab – –

Sie sprach die letzten Worte sanft bittend, und suchte, sein Gesicht, das noch halb auf ihrem Arm ruhte, mit ihrer Hand emporzurichten. Diese schwesterlich liebkosende Bewegung, diese Bitte aus ihrem Munde, goß Feuer durch seine Adern. – Marianne, sagte er, Ihre Mutter bestimmt mir Ihre Hand; sie fordert mich auf, Sie von Grünau, dem glücklichen Grünau, loszureißen – und Sie? – Glauben Sie, daß kein Herz in dieser Brust schlägt, kein Blut in diesen Adern fließt? – Dieser Ton, diese quälende, folternde Güte! – O der abscheuliche Brudername, mit welchem ich das Gift in mich sog – mit offenen Augen, mit wachen Sinnen, immer von neuem den Becher der Liebe trank – und nun – –

Er hatte Mariannens Hände von sich gestoßen, und ging wütend umher. – Ja, sagte sie endlich, darin lag mein Unrecht! Ich hätte längst tun sollen, was ich heute tat. Schon damals hätte ich es tun sollen, als ich zum erstenmal bemerkte, wie geflissentlich Sie mich Schwester nannten, weil nur dem Bruder *der* Ton der Stimme erlaubt war – Ich hatte Unrecht! – Aber Herrmann, fühlen Sie nicht auch, daß ich erst dann das Zutrauen fassen konnte, das zu einem solchen Schritte gehörte, als ich recht wußte, daß Sie liebten, daß Sie das Unglück empfinden würden, von dem ich bedroht war?

Marianne folgte dem Antrieb eines reinen und tugendhaften Herzens; sie fühlte sich selbst des Opfers fähig, das sie von Herrmann forderte, und ihr edles Vertrauen gab ihm die Kraft, die dazu gehörte. Grünau war schon vor Herrmanns Ankunft in Geschäften seines Handelshauses verreist gewesen; er kam jetzt wieder, Herrmann suchte ihn auf, und fand einen heitern, mutigen, anspruchslosen jungen Mann, voll ungewöhnlicher Kenntnisse, und von einem sehr richtigen Verstand. Auch schien ihm, daß nach ihm niemand Mariannen so zärtlich lieben, so innig ihren Wert erkennen könnte, und zur strengsten Gerechtigkeit sich zwingend, sagte er sich oft, daß Grünau's Liebe, nur weil sie glücklich wäre, der seinigen nachstünde.

Sein Vorhaben konnte nur durch Schwärmerei in's Werk gerichtet werden. Er fühlte es, und wenn der Gang der Umstände zuweilen so langsam war, daß er Zeit hatte, einen Blick in sein Herz zu tun, wendete er die Augen ab. Er hielt seinen Plan vor den Liebenden selbst größtenteils geheim. Er hatte sich anfangs zu einem Amte in seiner Vaterstadt bestimmt. Sein unruhiger Kopf, seine heftigen Leidenschaften bewogen ihn aber, dieses Ziel noch weit hinauszuschieben, und unabhängig wie er war, wollte er erst noch einige Jahre in der Welt herumstreifen. Bei seiner Rückkehr in die Vaterstadt geriet seine Familie auf ein ganz anders Projekt: er sollte die Handlung übernehmen, und damit stand der Wunsch seiner Stiefmutter, ihn zum Schwiegersohn zu haben, in Verbindung. Auf jenen Vorschlag gründete Herrmann seinen Plan. Er stellte Grünau's Handelskenntnisse, das ausgezeichnete Zeugnis, das ihm sein Prinzipal gab, seine persönlichen Verdienste gegen seine Mutter in das hellste Licht; er suchte ihr zu beweisen, daß es dem Hause zum größten Vorteil gereichen müßte, wenn ein solcher Mann in dessen Interesse gezogen würde, er selbst wäre ein für allemal entschlossen, sich zu diesen Geschäften in seiner Vaterstadt nicht binden zu lassen; hingegen würde er das Beste des Hauses auf eine andre Weise befördern: der neue Zweig desselben in Philadelphia fordere durchaus eine sehr vertraute Person, er würde ohnedies auf allen

Fall einige Jahre außer Landes zubringen – Willigte sie in Mariannens Glück, so wollte er sich jenem Geschäfte widmen.

Madame Herrmann, die ihm die Hand ihrer Tochter fast angeboten hatte, war eine Zeitlang zu empfindlich, um nachzugeben; er zog aber die übrigen Interessenten der Handlung auf seine Seite, und es wurde ihnen klar, daß er durch die mannichfaltigen Kenntnisse, die er sich erworben hatte, ganz besonders geschickt wäre, jener amerikanischen Spekulation die letzte Wendung zu geben. Sie drangen in die Mutter, die trocken antwortete, ihr Stiefsohn wäre zu Haus notwendiger; nun berechneten sie auf Mark und Schilling, daß Herrmanns Gedanke, seine Stelle zu Haus durch den jungen Grünau, als Schwiegersohn seiner Mutter, ersetzen zu lassen, würklich profitabel wäre. – Die Mutter schalt Mariannen eine Romanenheldin, Herrmann einen Abenteurer, nahm aber, nachdem sie die Rechnung richtig befunden, und sich von Grünau's Fähigkeiten überzeugt hatte, diesen endlich zum Schwiegersohn an.

Mariannens Dankbarkeit erhielt durch die wehmütige Teilnahme, und durch die Bewunderung, die Herrmanns Betragen ihr einflößte, etwas Religiöses, dem ihr reines Herz den Ausdruck der rührendsten, kindlichsten Zärtlichkeit gab. Grünau erkannte männlich und frei, wer der Schöpfer seines Glücks sei, indem er sich zugleich wert fühlte, Herrmanns Freund zu sein, und seinen Kenntnissen, seinem Fleiß zutrauen durfte, daß sie den Forderungen der Familie Genüge leisten würden. Beide wußten Herrmann, wie einer wohlwollenden Gottheit, nicht besser zu lohnen, als durch den Genuß ihres Glücks. Er hielt sein Herz mit männlicher Festigkeit zusammen, und suchte, durch gespannte Arbeit zur Vorbereitung auf seine Reise seinen Schmerz zu töten.

Wie am Abend vor Mariannens Hochzeit Herrmann die Braut mit angestrengter Fassung zu dem Bräutigam führte, beide umarmte, und ernst und feierlich sagte: heilet mein Herz durch Euer Glück! – und dann schnell aus dem Saale eilte, wußte keins, daß dieses sein Abschied war. Herrmann schloß sein Zimmer hinter sich zu. Die Gäste gingen; die Fackeln entfernten sich mit den fortrollenden Wägen; die Mauer gegenüber ward finster, indem man auch die Lichter im Saale auslöschte; das Haus war still geworden; Herrmann hörte seiner Stiefmutter Zimmer verschließen; er wußte, daß sie nun die Brautleute verlassen hatte. – Er schlug beide Hände vor die Stirn, und fiel vor sein Bett auf die Kniee hin.

Seine Spannung hatte den höchsten Grad erreicht: die äußerste Ermattung folgte jetzt darauf. Er blieb betäubt liegen. Die Bilder, die ihn zuweilen aufweckten, zerrissen sein Herz mit Eifersucht und hoffnungslosen Wünschen. Sehnlich harrte er auf den Glockenschlag, der ihn nach dem nahen Hafen, zu dem dort bereitliegenden Schiffe abrufen sollte. Bald war er an Bord. Das Land verschwand, wie seine Aussicht auf ein glückliches Leben verschwunden war. Weiter und immer weiter sanken die Gegenstände zurück, an welche in seiner Phantasie das Dasein alles dessen, was er liebte, geknüpft war. Bald hatte er nichts mehr um sich als die große, gestaltenleere, wie sein Herz öde See. Aufging die Sonne und unter, aber ihr goldner Strahl rief keinen Wechsel der Szene hervor; das Schiff durchschnitt die goldnen Wellen, und sah nichts unter sich als seinen Schatten auf der wogenden Flut. Bei dieser Stille der Elemente, in dieser Dumpfheit seines Herzens, war es ihm, als sollte er erstarren; er wünschte Sturm, um etwas zu empfinden: er begriff nicht, wie das Bewußtsein, tugendhaft gehandelt zu haben, ihn so kalt ließ.

Als er in Philadelphia angekommen war, und es jetzt darauf ankam, die Geschäfte anzutreten, erschrak er vor der Lähmung seines Geistes. Den Kaufleuten, an welche er gewiesen war, kam es wunderbar vor, daß man diesen träumenden, in nichts eingehenden Menschen an die Spitze eines solchen Geschäfts zu setzen gedachte, und sie zogen geflissentlich die Dinge in die Länge, um sich erst in Europa darüber Rats zu erholen. Inzwischen trafen aber einige Umstände zusammen, die Herrmanns Spannkraft wieder erweckten. Ein europäisches Schiff brachte ihm einen Brief von Mariannen und ihrem Gatten; sie segneten ihn als den Schöpfer ihres Glücks, und baten ihn, seiner freiwilligen Verbannung – denn anders konnte seine Abreise dem dankbaren Paar nicht erscheinen – bald ein Ziel zu setzen. Grünau war in alle Geschäfte eingeführt; die getroffene Einrichtung hatte jedermanns Beifall; Madame Herrmann fand Gefallen an ihrem Schwiegersohn: Kurz, alles was man ihm meldete, schilderte eine glückliche Familie. Ihn empörte das Gemälde, in welchem er nur das Bild des Glückes, das er auf ewig aufgeopfert hatte, erblickte; man pries seine Großmut, seine Uneigennützigkeit, und er fühlte sein Herz zerrissen, seinen Geist getötet. In dieser Stimmung streifte er durch die Stadt, ohne auf äußere Gegenstände zu merken, bis das auffallende Gewirr eines Haufens ganz fremder Gestalten, Sprachen, Kleidungen, ihn unwillkürlich aufblicken machte.

Es war eben einer von den Märkten, wo jährlich zweimal die eingebornen Bewohner dieses Landes aus ihren Wäldern herbeikommen, um ihre Handelsverträge abzuschließen, ihre Zölle zu entrichten, und Waren einzutauschen. Das ganz neue Schauspiel traf plötzlich Herrmanns Einbildungskraft, wie eine pikante Speise einem erschlafften Magen wieder Ton gibt. Er dachte sich diese armen, um ihr Erbteil – sorglose Unbekanntschaft mit dem Unglück – betrognen Kinder der Natur, in ihren Hütten, in ihren Wäldern, auf ihren gefahrvollen Jagden. Er sehnte sich zu ihnen, um fern von allen Berührungspunkten mit Menschen, die ihm glichen, vielleicht ein neues Glücksgebäude für sie zu errichten. Nun fielen ihm die verschiednen Zweige des Geschäftes ein, das den Vorwand zu seiner Verpflanzung nach der neuen Welt abgegeben hatte. Der Handel mit diesen Wilden stand damit in naher Verbindung, und er erinnerte sich, daß die Associés seines Hauses ihn mehrmals auf diese Marktzeit verwiesen hatten.

Seine Handelsfreunde in Philadelphia erstaunten nunmehr, diesen Menschen, der ihnen so schläfrig und trag geschienen hatte, mit durchgreifender Tätigkeit in ihre Angelegenheiten eingehen zu sehen. Gern hätten sie ihn an das Komptoir gebannt, denn einen so hellen, im europäischen Interesse so bewanderten, Kopf hätten sie wohl brauchen können; doch er bestand darauf, den Pelzwerkhandel im Innern des Landes einige Jahre selbst zu übernehmen. Man stellte ihm mit wahren und übertriebenen Umständen die Gefahren, die Mühseligkeiten vor, denen er dort ausgesetzt sein würde; allein er setzte mit kranker Ungeduld seinen Willen durch, und nach einigen Monaten, während deren er seinem Hause noch sehr wesentliche Dienste leistete, trat er seine Reise nach den Ufern der Seen an.

Von eben dem schweigenden Schmerz begleitet, mit welchem er seine Heimat in Europa, mit welchem er seine Geliebte verlassen hatte, vertiefte er sich in die Wälder von Pennsylvanien. Er sandte Mariannen bloß einen freundschaftlichen Gruß; seinem Freund

Gustav hatte er seinen Entschluß, Kaufmann zu werden und nach Amerika zu gehen, trocken gemeldet, ohne irgendeines Motivs zu erwähnen: ebenso gab er ihm jetzt nähere Nachricht von der Art Handel, die er in Amerika zu treiben gedächte. Marianne hatte dankbar geweint, wie Herrmann den vaterländischen Boden verließ; sie warf sich laut weinend, Unglück ahnend, in ihres Gatten Arme, wie sie sich den Bruder, den Freund, der ihr den süßen häuslichen Frieden verschafft hatte, heimlos in unwirtbaren Wildnissen dachte. Gustav fluchte über die Schwärmerei, die sich immer ärger in dem Menschen entwickelte, und im Vorzimmer seines Ministers vor Langeweile und Demut zusammengeschrumpft, verschwor er sich, daß es besser wäre, bei den Missouris ein Kanu durch den Schlamm zu schleppen.

Herrmann fand, was er wünschte: eine große, üppige, ungezügelte Natur, Leben aus Verwesung erstehend, und Leben in Verwesung versinkend, und um sich her in den majestätischen Wäldern Menschen mit Männerkräften, um Mühe zu ertragen, und mit kindischem Leichtsinn, um keiner vergangnen Mühe zu gedenken, keine künftige zu befürchten – Menschen, deren Arglist und Grausamkeit sich bei Herrmanns sanfter Redlichkeit bald verlor, und die ihn freiwillig zu ihrem Vormund machten. Im dritten Jahr seines Aufenthalts hatte er durch Menschlichkeit und Uneigennützigkeit den Interessenten seines Handels solche außerordentliche Vorteile verschafft, daß sie nun auf alle möglichen Kunstgriffe sannen, um ihn bei diesem Geschäft zu erhalten. Sie hatten keine nötig. Er eilte immer mit neuer Sehnsucht aus der Stadt fort, wo er jährlich einige Monate zubringen mußte. Zufriedenheit und Glück wurden ihm auch in jenen Wäldern nicht zuteil, doch aber ein Würkungskreis für seine Tätigkeit und für sein Gefühl, worin sein Herz sich beruhigte.

So lebte er acht Jahre. In dieser Zeit war seine Stiefmutter gestorben. Mariannens immer glückliche Ehe war mit mehreren Kindern gesegnet worden; aber ihr Mann hatte seine Spekulationen auf einen andern Handelszweig gerichtet, seinen Anteil nach und nach aus der Herrmannschen Handlung gezogen, und seinen neuen Absichten gemäß angelegt – wie Herrmann einst in die Stadt zurückkehrte, fand er unter mehreren Briefen aus Europa einen aus seiner Vaterstadt, in welchem unter andern Handelsneuigkeiten nebenher berichtet wurden, Grünau habe durch ein zufälliges Ereignis in einer sehr wichtigen Spekulation Unglück gehabt, und sei, nachdem er seine Gläubiger auf das rechtschaffenste befriedigt habe, völlig verarmt aus **g gezogen; beiläufig erwähnte der Korrespondent seiner fünf Kinder, und der geschwächten Gesundheit seiner Frau.

Unmöglich konnte Herrmann Mariannen so heimlos in den pennsylvanischen Wäldern erschienen sein, als er jetzt das geliebte Weib in der weiten, für Arme so unwirtbaren, Welt fühlte. Seine, durch Einsamkeit und hohe Naturszenen noch geschärfte, Phantasie sah sie verlassen umherirren mit ihren Kindern. Sein Herz, das in den letzten zehn Jahren keinen Gegenstand mit der Liebe umfaßt hatte, deren es fähig war, strömte jetzt mit allem so lange aufgeschütteten Vorrate im zärtlichsten Mitleiden über. Eine Ewigkeit war es für ihn, bis er von seinem Korrespondenten auf die dringende Anfrage, wohin sich die Grünausche Familie gewendet hätte, Antwort haben konnte. Sein Aufenthalt in der neuen Welt war ihm fortan unerträglich: er konnte aber für's erste noch nicht nach Deutschland zurückeilen, denn die Geschäfte bedurften noch eine Zeitlang seiner Gegenwart, und seit er Mariannen und ihre fünf Kinder in der Dürftigkeit wußte, hatte das Gedeihen seines Handels ein Interesse für ihn, das er vorher nie kannte. Er segnete die Früchte seiner einsamen, gefährlichen Wanderungen an den neblichen Seen Amerika's, und wollte durch keine übereilte Entfernung ein Vermögen, das für Mariannen bestimmt war, der spekulativen Gewinnsucht seiner Handelsgenossen preisgeben.

In dieser ängstlichen Eile und Zögerung ging ein volles Jahr hin. In der Zwischenzeit erhielt er Nachricht, wohin sich Grünau gewendet hatte, und daß die Summe, die ihm ausgezahlt werden sollte, richtig übermacht worden war. Endlich segelte er der vaterländischen Küste zu. Er befand sich auf eben der leeren, ungeheueren Fläche, wie vor eilf Jahren; die Sonne ging auf und unter, wie damals, und sah ewig nur ihr feuriges Angesicht in den sich kräuselnden Wellen; aber wohin Herrmanns Auge sich wendete, erblickte er Mariannen, und ihr Unglück, und ihre Kinder, und ihren liebenden Gatten, und seiner Ungeduld schien die Sonne mit bleierner Langsamkeit die Morgen und die Abende zu trennen. Manchmal, wenn der Mond über dem Schiffe stand, der frische Nachtwind die Segel schwellte, und die spielenden Fische allein mit ihrem Plätschern das einförmige Rauschen des dahinfahrenden Schiffes unterbrachen, da suchte er wohl, die nächste Zukunft sich deutlicher zu denken, und fragte sich, wie es denn sein würde, wenn er das geliebte Weib wiedersähe? Laut antwortete sein klopfendes Herz: es würde sein, wie an jenem Abend, wo er ihr das Glück seines Lebens zum Segen ihrer Ehe gab. Dann aber stellte er sich ihre Leiden, ihre Kinder vor, und er überredete sich, daß zehnjähriges Entsagen sein Herz gestählt hätte, daß seine Sehnsucht nur Teilnahme, nur Mitleiden wäre.

Eine große Freude war es ihm gewesen, daß sich Grünau an eben dem Orte niedergelassen hatte, wo sein Freund Gustav wohnte. Ihm hatte gedünkt, Gustav müßte notwendig Grünau's Bekanntschaft gemacht, seinen Wert erkannt, ihm als Ratgeber und Beschützer gedient haben. Überhaupt hatte er aus seinen Wildnissen Gesichtspunkte und Begriffe mitgebracht, die ihn in der Welt, in welche er nun wieder eintrat, völlig zum Fremdling machen mußten. Er hatte Europa im zweiundzwanzigsten Jahre verlassen, und bei seiner Lebensart war er mit der Erfahrung und Menschenkenntnis, welche hier etwas gelten konnte, sehr zurückgegangen. Seine Leidenschaften waren unabgenutzt, wie in der ersten Jugend, und anstatt durch das reifere Alter gemildert zu werden, hatten sie durch langes freudenloses Entsagen einen Grad von Schärfe bekommen, den die Leidenschaften der Jugend nicht haben. Sehr befremdend mußte ihm Gustavs Antwort auf seinen ersten Gruß bei seiner Rückkehr sein; er suchte, sie mit dem Bilde, das ihm von dem Gustav seiner Jugend zurückgeblieben war, in Übereinstimmung, zu bringen, wie man ein vor langen Jahren gemaltes Portrait gegen das nun veraltete Original hält – ach er wußte nicht, daß, wie das Alter die geistigeren zarten Züge des Angesichts entstellt und zerstört, so auch Dienstbarkeit und Streben nach eiteln Vorzügen, die man selbst verachtet, die weichen Fäden des Gefühls vergröbert und starren macht! Gustavs vordringender Ehrgeiz war jetzt gehässiger Neid geworden; sein lebhaftes Auffassen fremder Schwachheiten, das sie in ihren Jugendjahren oft harmlos belustigte, hatte sich in bittere Tadelsucht verwandelt, und jene Geschmeidigkeit des Geistes, um welche Herrmann ihn manchmal beneidete, artete in gewohnheitsmäßige Hofmacherei aus, durch welche die Galle, die sonst in ihm die Oberhand gehabt hätte, mit etwas Falschheit versüßt wurde.

Diese Würkungen der Welt auf den Charakter seines Freundes konnte Herrmann kaum ahnen; soviel sah er aus seinem Briefe, daß Gustav ihn noch liebte, und daß er nicht glücklich schien, und so hoffte er dann gewiß, sein Gefühl wieder zu beleben. Er war schon vor den Toren von **stadt*, wo er den Freund und Mariannen wiederfinden sollte, ohne noch einen Entschluß gefaßt zu haben, ob er sogleich bei seinem Freunde absteigen, oder Mariannen überraschen wollte. Gustavs Brief flößte ihm um so mehr Scheue ein, als er ihm nie etwas von seiner Leidenschaft anvertraut hatte. Doch erschrak er auch davor, gerade zu Mariannen zu gehen, und an diesem Schrecken würde er, wenn er sich untersucht hätte, leicht erkannt haben, daß noch manche Jahre vorübergehen müßten, bevor er ungestraft in der Nähe von Grünau's Gattin leben könnte. Mit jedem Augenblick stieg seine Unruhe und sein Schwanken. Nun befand er sich für's erste in einem Wirtshaus, und ohne daß er sich noch entschieden hatte, war hier seine erste Frage, ob man die Wohnung eines Herrn Grünau kenne, der im Felderschen Komptoir arbeite? – Mit einem Blick durch das Fenster antwortete der Wirt: Da sitzt gerade Madame Grünau auf der Bank vor ihrem Hause. Heftig ergriffen von Mariannens unerwarteter Nähe, ließ er sein Auge mechanisch dem Blicke des Wirts folgen, und erkannte würklich Mariannen in einer reinlich und einfach gekleideten Frau, die vor der Haustüre gegenüber auf einer steinernen Bank saß. Sie war es! Der offene, schwärmerische Blick hatte zwar mehr Ernst und weniger Ruhe, die runden weichen Umrisse des Gesichtes, des Halses, waren etwas stärker und fester; aber noch war es die reine, hohe Stirn, die strahlende Stirn, wie er sie nannte, noch war es die Haltung des Halses, die nie ein Joch dulden zu wollen schien.

Sie hielt ein Kind auf ihrem Schoß; zwei andre, auch noch sehr junge, spielten um sie her. Herrmann sah und hörte nichts mehr: er wollte in Mariannens Anblick ihre ganze Geschichte von diesen eilf Jahren lesen. Sie schien ihm nicht froh, aber sie hatte einen Ausdruck von unendlicher Zärtlichkeit gegen ihre Kinder. Sogleich hinüberzugehen, sogleich sich ihr zu zeigen: davor zitterte er. Zwar konnte er nicht glauben, daß sie ihn im ersten Augenblick erkennen würde; aber er empfand einen lebhaften Widerwillen, den ersten

Ton ihrer Stimme vor Zeugen zu hören, ihren ersten Blick mit gleichgültigen Fremden zu teilen. Ungeduldig wartete er, bis sie hineininge, als ein Wagen schnell vorbeifuhr, und Marianne laut und ängstlich den Namen des einen ihrer Kinder rief. Es hatte sich in seinem Spiele von der Mutter entfernt, es wollte vor dem Wagen fliehen, welcher seinen Weg zwischen den vielen, vor dem Gasthof haltenden Fuhrwerken nahm, und es fiel zwischen den Rädern von Herrmanns abgespanntem Wagen nieder. Herrmann, ohne sich bewußt zu sein, wie er hinausgekommen war, befand sich auf der Straße, hatte das Kind hervorgezogen, und hielt es in den Armen, als Marianne, die sich mit dem Ausdruck der höchsten Angst in ihren Zügen, aber ohne einen Laut des Schreckens durch die Wagen gedrängt hatte, neben ihm stand, und mit den Worten: tatst du dir weh, Herrmann? – den Kleinen von seinen Armen nehmen wollte.

Der Name *Herrmann*, mit dem Tone der innigsten Zärtlichkeit ausgesprochen, und ihm zugleich ein Beweis ihres Andenkens, benahm ihm vollends, was er an Fassung haben mochte. Er eilte stumm, ohne das Kind zu lassen, in ihr Haus hinüber. Sie folgte ihm erschrocken, denn sie glaubte, ihr Kind sei sehr beschädigt, und deswegen trage es der Fremde so schnell hinweg. Im ersten Zimmer, das er erreichte, drückte er das Kind heftig an seine Brust, und rief, indem er ihre Hand ergriff: Marianne, Marianne! daß es so süß sein würde, dein Kind zu umarmen, hatte ich nicht geglaubt! – –

In Mariannens freudiger Verwirrung, in dem frohen Lärm, der unter der ganzen kleinen Familie entstand, in hundert kleinen Zügen konnte jetzt Herrmann, der sich vergessen geglaubt hatte, sehen, wie wert sein Andenken hier gehalten wurde. Die Kinder riefen eines dem andern zu: der Onkel aus Pennsylvanien! der Onkel aus Pennsylvanien! – – Zwei schöne, rüstige Knaben kletterten, weil sie nicht ganz zu ihm treten konnten, auf einen nahen Tisch, und zeigten einander den fremden Onkel mit drolliger Neugier. Marianne glühte, und weinte sanft; sie hielt Herrmanns Hand zwischen den ihrigen; der Tumult hatte sich nach und nach gelegt; er saß neben seiner Schwester auf dem Sofa, und wußte keine Antwort auf ihre mehr als einmal getane Frage: warum er nie etwas von sich habe hören lassen? Teils konnte er von dem wahren Grunde – von seinem Entschluß, seine Liebe zu vergessen – nicht sprechen; teils waren seine Geister noch zu aufgeregt, als daß er ihre Worte verstehen konnte; er hörte nur ihre Stimme, sah nur ihren Blick, suchte aus allen Gegenständen rings herum ihre Lage zu entziffern – Sind Sie glücklich, Marianne? fragte er endlich – hat der Segen gefruchtet, den ich vor eilf Jahren auf Ihr geliebtes Haupt legte? – – Er hatte ihre Hände gefaßt, und blickte forschend in ihr Gesicht.

Ja, mein Freund – was mein Herz Glück nennt, das besitze ich – ja, ich bin glücklich. – Sie sah bei dieser Antwort zwar fest, aber mehr begeistert als heiter aus.

Bedenken Sie, Marianne, daß diese Hoffnung mich eilf Jahre lang beruhigt hat – daß der Wunsch, Sie glücklich zu wissen, mich von Ihrer Nähe hinweg in die Wälder von Amerika trieb daß eben dieser Wunsch mich jetzt zurückführt – O es wäre schrecklich, wenn ...

Ich *bin* glücklich, Herrmann. Sehen Sie diese Kinder, denen ich alles bin – Betrachten Sie alles um mich her: Reinlichkeit, Friede, Ordnung – alles meiner Tätigkeit Werk – –

Und Grünau, Marianne, Grünau? – – Die Hast, mit welcher er sie unterbrach, bewies, daß er nicht unbefangen war bei der Frage.

Auch er ist glücklich. Er ist ein edler, froher Mann; Ihre Gegenwart, Ihr Zutrauen wird ihn unendlich erfreuen – –

So war es auch. Grünau kam; seine Freude, den Freund wiederzusehen, war weit ungemischter als Mariannens Freude. – Nun Marianne, rief er, sein Weib herzlich umarmend – nun, hatte ich nicht immer gesagt, er würde uns aufsuchen? Wie wir noch im Wohlstand lebten, sagte ich es, und wie wir arm wurden, und ich, so sehr verlassen, zuerst an ihn dachte, um Hülfe zu suchen, und seine Hülfe da war, ehe ich sie gesucht hatte – –

Grünau's Dankbarkeit drückte sich männlich und unbefangen aus. Er beschrieb Herrmann seine ökonomische Lage, bewies ihm, daß er vollkommen imstande wäre, ihm ein Dritteil seines Darlehns sogleich zurückzuzahlen, und bat sich für das übrige gelegene Zeitfrist aus. Sein Einkommen war sehr mäßig, und warf doch, bei Mariannens Wirtschaftlichkeit und einfacher Lebensart, einen kleinen Überfluß ab; er arbeitete viel, aber sehr schnell, und erübrigte dadurch Zeit zum Lebensgenuß. Herrmann konnte sich diesen nicht anders vorstellen, als bei Mariannen und ihren Kindern; er erhob Grünau's Glück, dem er selbst gezwungen entsagt hatte, mit Aus-

drücken, die einen Teil seiner Gedanken blicken ließen. Sowenig
unbefangen er war, entging ihm hier ein halb bitteres Lächeln auf
Mariannens Lippen doch nicht, und ein Blick, den ihr Gemahl auf
sie heftete, schien ihm etwas Verlegenheit auszudrücken.

Die Rede kam auf seinen Freund, den er nun aufsuchen wollte.
Marianne hatte nicht gewußt, daß dieser Regierungsrat Sander eben
der Gustav wäre, von welchem sie ihn ehemals sprechen hörte –
hätte ich mir das einfallen lassen, sagte sie, ich wäre freundlicher
gegen ihn gewesen; da er Ihr Freund war, muß er sein Gutes haben;
mir schien er ein kaltes, menschenverachtendes Wesen, bei dem es
unsereinem nicht wohl sein könnte –

Es tat Herrmann weh, daß die zwei Menschen, die er am meisten
liebte, einen Widerwillen gegeneinander hatten. Überhaupt fühlte
er sich sonderbar gestimmt, als er jetzt den Weg zu Gustav antrat.
Die rauschende Freude des Wiedersehens hatte keinen Nachgenuß
zurückgelassen. Woran es lag, konnte er sich nicht erklären: Marianne und ihr Gemahl hatten ihn doch so herzlich empfangen, und
auch glücklich hatte er sie gefunden, und das war ja alles, was er
seit so vielen Jahren wünschte. Aber sein Glaube an dieses Glück
hatte etwas Dunkles, Kaltes. Nicht eigentlich gegen ihn, aber in
ihrem ganzen Wesen schien ihm Marianne etwas Gespanntes, Rai-
sonnierendes und Schwärmendes, das er nicht zu enträtseln wußte,
gehabt zu haben.

Gustavs lauter, lebhafter Empfang, tausenderlei Fragen, tausenderlei Erzählungen, mit denen er ihn bestürmte, vertilgten für's
erste jenen sonderbaren Eindruck von trüber Leerheit, den Herrmann mitgebracht hatte. Gustav ließ seines Freundes Gepäck sogleich aus dem Gasthofe holen, und führte ihn in ein sehr artiges
Gastzimmer ein, das für ihn bereit war. Herrmann lobte scherzend
die Ordnung, die Eleganz, womit er eingerichtet war; sein Freund
setzte seine Lebensweise auseinander, und machte es ihm sehr an-
schaulich, daß er seinen Grundsatz, ein jeder habe für nichts als für
sein eigen Glück zu sorgen, ganz praktisch übte. Herrmann dachte
an Mariannens Abneigung gegen diesen Mann, und seufzte. Das
Gespräch nahm unvermerkt eine raisonnierende Wendung; es war
die Rede von Uneigennützigkeit, Großmut, Leben für andre. Gustav
nannte das alles schöne Worte, mit denen die Menschen ihre Lieb-

lingsneigungen herausputzten; die einzige zu berechnende, und
also sichre Richtschnur für den Menschen sei der Eigennutz; wo
dieser nicht im Spiel sei, oder in's Spiel gezogen werden könne,
traue er keinem Erdensohn; wenn man sich hingegen gegenseitig
diese Triebfeder eingestünde, und vollkommen damit umzugehen
wüßte, so würden sich die Menschen untereinander weit mehr Gutes und weniger Böses tun, als mit allen den Aufopferungsstümpe-
reien –

Schmerzhaft fiel Herrmann ein: Dich aber knüpft ja kein Eigennutz an mich? Mich ebensowenig an dich – *was also*? und wie können wir uns trauen?

Ich könnte sagen, erwiderte Gustav, daß es doch so ist, daß Eigennutz doch das Band zwischen uns ausmacht; ich könnte es auch
beweisen – aber es braucht dessen nicht. Ich halte ja den Menschen
nicht für unabänderlich, nicht für ursprünglich schlecht; ich habe ja
wohl eher mit Kindern gespielt, ich höre dich ja deine Menschen-
fresser rühmen. Eine oder die andre Spur von gewissen Gefühlen
bleibt dem Menschen immer; entweder ist er nicht ganz so schlecht,
als er sein könnte, und das muß ihm angerechnet werden, oder er
hat irgend etwas würklich Gutes. Mein Gutes ist nun meine
Freundschaft für dich; die macht den Faden aus, der mich noch an
Euer Narrenparadies knüpft – solange es währt; denn stündest du
mir einmal im Ernst im Weg, wo der meinige, oder ich dir, wo gerade dein närrischer Weg hinginge, dann wäre es auch aus, darauf
mach dich nur gefaßt –

Herrmann hatte freudig zugehört; denn seines Freundes Ton war
ungewohnt weich und ausdrucksvoll geworden. Nun aber fiel er,
als wollte er diese Anwandlung niederdrücken, wieder in seine
sarkastische Manier, und verwirrte Herrmanns Begriffe völlig. Diesem ahnete nur zu viel Wahrheit in allem Bösen, was Gustav von
den Menschen sagte. Bei den Wilden hatte er es zwar nicht so gefunden, und um die Europäer hatte er sich lange nicht bekümmert;
aber es war ihm, als ob seine Erinnerungen aus der fernen Vergangenheit, ehe er nach der neuen Welt reiste, den Behauptungen seines Freundes nicht widersprächen.

Eine ganz andre Welt, eine Welt, in welcher er alle andern Menschen vergaß, öffnete sich ihm in Mariannens häuslichem Zirkel,

und so wechselten die verschiednen Eindrücke, die er bald hier, bald bei seinem Freunde empfing, lange miteinander ab, bis sie in des Neulings heißem Herzen ein gefährliches Ganzes bildeten, wogegen Marianne in der unerfahrnen Kühnheit ihres Bewußtseins ebensowenig Vorkehrungen traf, als in früheren Zeiten bei dem Entstehen seiner Leidenschaft.

Es verging noch einige Zeit, ehe er sie, und sein eigenes, durch ihren Anblick unbefriedigtes Gefühl verstehen lernte. Ihre Kinder waren die liebenswürdigsten, die er je gesehen hatte; ihr Haus war ein seltenes Muster von Ordnung, Einigkeit, zweckmäßiger Geschäftigkeit; er hörte nie ein heftiges Wort von ihr, noch gegen sie fallen. Aber sie war selten würklich heiter, ihre Äußerungen blieben gespannt, ihr Blick auf Menschheit und Zukunft war gewöhnlich trüb. Sprach sie von genossenem Glück, so war es aus der längst verflossenen Vergangenheit, und doch, wenn sie ihres Schicksals erwähnte, pries sie jede Wendung desselben glücklich. Wenn er ihre Gespräche mit ihren Kindern behorchte, so schien der tiefste Frieden in ihrem Gemüt zu herrschen. Sie flößte ihnen das unbedingteste Wohlwollen gegen alle Menschen ein; war von einer schlechten Handlung die Rede, so äußerte sie keine andre Empfindung, als sanftes Bedauern dessen, der sie begangen hatte, und ihr heftigstes Urteil war – eine Träne. Von Grünau sprach sie immer mit der innigsten Liebe; scherzend, auch wohl gar beißend, spottete sie zuweilen über einige seiner Eigenheiten: guter, guter Mann! rief sie oft aus, mit einem Ton von Wehmut, und einem Blick, der über die Welt hinausreichte, und doch von weltlichen Sorgen so trüb schien.

Wenn sich dann Herrmann, in seiner Unbehaglichkeit über so manche Rätsel, am heftigsten bewegt fühlte, so war es ihm, als müßte er wieder seine ganze Seele in die Frage legen: Marianne, sind Sie glücklich? – Aber eine geheime Furcht hielt ihn zurück, diese Frage auszusprechen: es war gleichsam eine Ahnung, als würde, wenn die Worte noch einmal über seine Lippen gekommen wären, sein Verhältnis gestört werden, das doch so schön war. Er war wie Kind im Hause; Marianne ließ ihn kommen und gehen, setzte ihn stundenlang zum Hofmeister ihrer Kinder ein, trug ihm auf, wenn sie der Arbeit zu viel hatte, ihren älteren statt ihrer diesen oder jenen Unterricht zu geben. Ihn selbst hielt sie zur Beschäftigung an, und redete ihm zu, seine Kapitale wieder anzulegen –

Ihnen und Ihren Kindern gehören sie, Marianne; also muß ich Ihnen wohl gehorchen –

Marianne lächelte mit einem dankbaren, nassen Blick: Wie Sie wollen, mein Bruder; darüber dürfen wir uns nicht streiten bis wir sie aber brauchen, gehören sie denen, die ihrer mehr bedürfen, und solcher sind so viele, daß es Ihnen nie an Beruf zur Arbeit fehlen kann. Oder treiben Sie etwas anders, werden Sie Landmann, bauen Sie das Feld – werden Sie Advokat, wenn Sie wollen: nur treiben Sie etwas, das Ihnen Mühe macht!

Sie ruhte auch nicht, bis er sich würklich auf eine bestimmte Beschäftigung eingelassen hatte. Kam er nun am Abend, und sie saß ruhig bei ihrer Arbeit neben ihm, so war es meist ihre erste Frage: waren Sie fleißig? – Schlug er einen Spaziergang vor, wollte er mit ihr lesen, sprach er mit ihr von dem interessantesten Gegenstand, so traf es sich nicht selten, daß sie trocken sagte: ich habe zu tun – und dann hing sie mit ungeteilter Aufmerksamkeit an dem alltäglichsten Hausfrauengeschäft. So hatte sie ihn eines Tags in einem besonders lebhaften Gespräch mehrmals unterbrochen, um mit der Magd zu sprechen, sich Nadel, Schere und dergleichen reichen zu lassen. – Man sollte denken, rief er endlich mit Laune und Ungeduld, Sie kennten keine Tugend und keine Glückseligkeit, als Strümpfe zu stricken und Wäsche zu nähen ... das ist ja eine wahre Sklaverei!

Ja freilich! antwortete sie lächelnd und errötend, und wie sie bald hernach aufblickte, schwamm ihr Auge in Tränen.

Was ist das, Marianne? fragte Herrmann erschrocken.

Sklaverei, Herrmann! des Schicksals, der Kinder, des Mannes, Ihre Sklavin – worin ist das Weib etwas anders als Sklavin?

Das sagen *Sie*, Marianne? die Sie so unumschränkt als schön in diesem Hause herrschen – deren Willen jedes Glied dieser Familie leitet?

O den Vorzug haben wir allerdings, ganz besondre Ketten zu tragen, und wir gehen so behende damit um, daß, wer uns sieht, sie nicht einmal klirren hört – aber desto wunder drücken sie uns – wund bis in's Herz!

Ihre Stimme war ehern geworden bei ihren überströmenden Tränen. – Marianne, Sie sind nicht glücklich! rief Herrmann, als bräche ein Geheimnis gewaltsam bei ihm heraus –

Glücklich, und glücklich, und immer wieder glücklich – das ist's! darin liegt es, darum seid Ihr Euch alle gleich – auch *er*, der *beste*, der *gutste* Mensch – er ist auch so! Glücklich sein ist Euer einziger Endzweck – wir stümpern daran, glücklich zu machen, und meist stümpern wir uns daran zu Tode –

Herrmann hatte sie nie so gesehen, so leidenschaftlich, und so kämpfend mit der Leidenschaft. Er kannte die Weiber – oder vielmehr die Weiblichkeit – nicht. Er wußte nicht, wie schnell bei diesem Geschlecht Geist und Gefühl von Raum zu Raume springen, wie leicht seine Kraft wie Schmerz aussieht, und seine Ergebung zur Starrheit wird. Von diesem Augenblick hielt er Mariannen für unglücklich, und für unglücklich durch ihren Mann. Er ging nun alles wieder durch, was er seit seiner Rückkehr gesehen hatte. Auch was ihm Gustav geschrieben hatte, fiel ihm wieder ein, und er erstaunte, jetzt erst klar zu erblicken, was er schon in den ersten Tagen geahndet hatte.

Wäre Herrmann nicht bloß ein edler und warmer Mensch, wäre er dabei ein *gemachter Mann* gewesen, so hätte ihn diese Entdeckung auf einen andern, für ihn und die geliebte Familie wohltätigen Weg führen können. Es drängten sich ihm plötzlich so viele neue Gedanken, so viel Unruhe, Zorn und Wehmut auf, daß er sprachlos blieb, bis ein Zufall ohnedies den Faden jenes Gesprächs abriß.

So verließ er für heute Mariannen, und ging in der schmerzlichsten Unruhe nach Hause. Es war Abend: er erstaunte nicht wenig, bei Gustav alles erleuchtet zu sehen, und einen festlichen Aufputz zu erblicken: Als er hereintrat, kam ihm sein Freund mit einem vollen Glase entgegen, und trank ihm den Anfang ihrer Bekanntschaft zu, als sie vor zwanzig Jahren an diesem Tage zum erstenmal auf der **er* Akademie zusammengekommen wären. Mehrere Gäste waren schon versammelt, andre kamen dazu: ungelegner war nie ein Fest für den Helden desselben, und doch war Herrmann von Gustavs freundschaftlichem Andenken zu gerührt, als daß er nicht gesucht hätte, seine trübe Laune, bei der er sich so sehr nach Einsamkeit sehnte, zu überwinden. Nach einiger Zeit erschien auch

Grünau; Herrmann hatte ihn noch nie bei Gustav gesehen, und dieser empfing ihn auch mit etwas mehr Zeremonie als die übrigen Gäste. Bei dieser Gelegenheit erfuhr Herrmann, daß das ganze Fest als *Impromptu* behandelt wurde, und daß Gustav erst am Nachmittag auf dem Kaffeehaus die Gesellschaft zusammengebeten hatte. Ihm erschien, nach dem heutigen Gespräch mit Mariannen, Grünau in einem ganz andern Lichte als vorher; seine Heiterkeit, die ihm sonst, auch wenn er sie nicht teilte, doch erfreulich war, machte seine eigene Stimmung noch düsterer: ja er rechnete es Mariannens Gatten als ein Verbrechen an, daß er so sorglos war, da sein Weib vor einer halben Stunde Tränen vergossen hatte.

Die Gesellschaft wurde äußerst munter, und Grünau war die Seele ihrer Lustigkeit. Man trennte sich spät; als die Gäste fort waren, sagte Gustav: Grünau ist doch ein trefflicher Gesellschafter –

Hm, ja! erwiderte Herrmann – für Fremde, glaube ich, mehr als für seine Frau –

Nun, das wirst *du* doch nicht anders wünschen.

Ich? Was willst du sagen?

Höre, Freund Herrmann, ich finde es nicht ganz recht, daß du dein Wesen vor mir so heimlich treiben willst. Wenn ich mich auch mit Weibern nicht abgebe, so kannst du mir doch wohl zutrauen, daß ich nicht darauf ausgehen würde, dich zum Misogyn zu machen. Grünau'n tust du, wie mir scheint, einen wahren Gefallen; wenigstens sah ich wahrlich in meinem Leben noch keinen Ehemann so herzlich gegen den Liebhaber seiner Frau –

Herrmann stand einen Augenblick wie erstarrt. Höre ich *dich* sprechen? fragte er endlich – oder ist das *Stadtgerede*?

Narr! Ein reicher und hübscher Bursche, ein alter Bekannter, ja gar ein Stückchen Bruder – wenn dir die kalte Dame gefällt, so wird dich ja kein vernünftiger Mensch tadeln – und sie wahrhaftig ebensowenig: ein Liebhaber, der sich so hübsch häuslich ziehen läßt, ist besser als ein Mann, der sich herumtreibt, sooft er kann. Soll kein andrer mein Weib amüsieren, so muß ich mir die Mühe selbst gefallen lassen – darum habe ich mich auch gehütet zu heuraten. Seiner Frau treu zu sein, ist im Grunde weit bequemer als das Gegenteil; aber ihr tagtäglich die Zeit vertreiben – davor bewahre mich der

Himmel! Gerade das ist es aber, was die gelehrten, sentimentalen, sublimen, so die Madame Grünau's, verlangen. Daß man lieber ein Spielchen macht, als ihnen zu Hause vorliest, lieber mit ehrlichen Kameraden ein Glas Wein trinkt, als in's Dörfchen geht, eine frische Milch unter grünen Bäumen zu essen – das ist ihnen die rechte Sünde wider den heiligen Geist, das bringt sie in einen echt theologischen Eifer – der freilich einem Liebhaber wohl zustatten kommt –

Herrmann ging in der heftigsten Bewegung im Zimmer umher – Großer Gott! rief er, das ist also der Lohn ihres Muts im Unglück, ihrer rastlosen Tätigkeit, ihrer unerschöpflichen Sorgfalt für ihres Gemahls Zufriedenheit – und ich – ich habe ihr diesen Lohn zuwege gebracht!

Aber bist du besessen, Herrmann? Sagte ich denn das alles als Vorwurf? Es gibt ja auf der Welt nichts Natürlicheres! Ein anders möchte es sein, wenn du eine glückliche Ehe störtest. Aber Grünau weiß recht gut, daß du den ganzen Abend bei seiner Frau saßest, und er kommt zu dir, und herzt dich, als langtest du nur eben vom Mississippi an. Wir Juristen sagen: Volenti non fit injuria. Wer's anders will, der treib' es anders –

Ich schwöre dir's, Gustav, Marianne ist meine Schwester – ist mir nichts als Schwester!

So bist du, mit Ehren zu melden, ein Pinsel! rief Gustav lachend, und zündete seine Pfeife an – das finde ich am lustigsten, daß die tugendhaften Leute, die Leute von Grundsätzen, auf einem ganz verschiednen Wege wie andre, doch am Ende zu einerlei Ziel gelangen. Ein jeder gewöhnlicher Höllenbrand geht hin, führt einen Teufelsstreich aus, und läßt die Menschen darüber schreien, wie sie wollen: er achtet die Menschen und ihr Geschrei nicht – und das Geschrei ist denn doch an so etwas das eigentliche Übel. So ein Enthusiast hingegen überredet mich fast, daß er mit der Dame seiner Gedanken lediglich Kants reinen Pflichtbegriff studiert; er nimmt sich aber dabei so ungeschickt, daß die Menschen auch schreien, und dem Herrn Gemahl ergeht es endlich im einen Falle nicht besser, wie im andern –

Gustav hätte mit seinem Geschwätz noch lange fortfahren können: Herrmanns Gedanken schritten unterdessen fort, und er eignete sich aus Gustavs Worten gerade die Ideen an, die seiner Leidenschaft schmeichelten. Aufgeschossen war heute in ihm der Keim, den sein Mangel an Selbst- und Weltkenntnis ihm lange verborgen hatte: er liebte mit Sehnsucht nach Besitz, und diesen Besitz stellte ihm Gustavs herzlose Verdorbenheit fast als rechtmäßig dar. Mehr brauchte es nicht, um einem leidenschaftlichen Gemüt, das bisher noch keine Gelegenheit gehabt hatte, sich Grundsätze zu bilden, die durch Umstände geübt worden wären, jeden Gesichtspunkt zu verrücken. Unleidlich war ihm jedoch Gustavs Eindringen in seine Gefühle: er liebte würklich und innig, und wahre Liebe verführt eben dadurch, daß sie der Schuld die Farbe des Edelmuts leiht. So wie Gustav ihm die Augen über sein Verhältnis öffnete, war er der erste, dem er es zu verbergen wünschte – Nun wohl, fiel er endlich ein, sieh' du die Sache an, wie du willst; ein Streit über ein Stadtgeschwätz darf uns nicht entzweien. Wenn ich dir aber als ehrlicher Mann versichre, daß meine Verbindung mit Mariannen in eben dem Grade unschuldig ist, in welchem Marianne von ihrem Gemahl vernachlässigt wird, so glaubst du es mir, und widersprichst den müßigen Klätschereien, wo du Gelegenheit findest –

Ich widersprechen? das wäre eine artige Kommission – Laß dich mit dem Mann fleißig auf dem Kaffeehaus, und desto weniger mit der Frau auf der Kastanienallee sehen, so hört die Klätscherei in sechs Wochen von selbst auf. Solange aber die Sonne scheint, soll ich doch nicht gegen die Leute behaupten, daß es Nacht ist?

Wohl dann! So laß mich sorgen – Gute Nacht, Gustav – und noch zwanzig Jahre wie heute!

Gott behüte! Du bist ja heute närrischer als vor zwanzig Jahren, da wir zum erstenmal Werthers Leiden lasen, und du so große Lust hattest, Herrn Albert das dumme Hirn zu verbrennen – da, geh zu Bett! – Er gab ihm ein Licht in die Hand, und schlich sich brummend in sein Schlafzimmer.

Gustavs letzte Worte, so unbedeutend sie waren, warfen einen Brand mehr in Herrmanns Herz. Er schlief wenig, und sowie sich seine Augen schlossen, sammelten sich seine Gedanken zu verführerischen Bildern von einem Zelte, einer Hütte am See Ontario, mit Mariannen an seiner Seite. Ohne deutliche Ideenfolge stand endlich die Vorstellung bei ihm fest: wenn sie es wollte, wäre es denn nicht

Recht der Natur, Grünau's vernachlässigtes Weib dahin zu führen, und sie dort zu beglücken?

Er kam am folgenden Tag erst spät am Abend zu Mariannen: um dort bloß im Vorübergehen einen guten Morgen zu sagen, fehlte es ihm heute an Unbefangenheit, und seine Geschäfte verhinderten ihn, auf längere Zeit hinzugehen. Er fand Mariannen mit ihrem jüngsten Kinde auf dem Schoß, das in heftiger Fieberhitze schlummerte. Sie nickte ihm freundlich zu, und erzählte ihm, während sie gestern geschwärmt und getrunken hätten, wäre ihr Herrmann fast gestorben: er hatte plötzlich Fieber bekommen, man fürchtete, daß es die Blattern sein würden.

Still, um den Kleinen nicht zu wecken, setzte sich Herrmann zu ihr. Es entstand ein leises vertrauliches Gespräch über des Kindes Gesundheit. Die zärtliche Mutter erzählte von einer langwierigen Krankheit, die ihr ältestes Kind, ein Mädchen, ausgestanden hatte, und die gerade in die Zeit gefallen war, wo ihr Vermögen zerrüttet wurde. – Des Kindes Leiden zerrissen uns das Herz, sagte Marianne, und doch waren sie damals eine wahre Wohltat für uns, denn sie zogen uns von der Furcht vor naher Armut ab – ach es war vieles schön und tröstend damals! – daß doch die Menschen kein Glück ertragen können!

Wie das, liebe Schwester?

Sie sprach nun von dem edeln Betragen ihres Mannes bei seinem ganz unverschuldeten Unglück – wie er mit ihr bei ihrem Kinde gewacht – wie der heitere, des Lebensgenusses so gewohnte, Mann sich alles entzogen, allem entsagt hatte, um sie zu erleichtern und zu trösten – Wieviel glücklicher, fuhr sie fort, war ich in jener Zeit, wo ich nicht immer recht wußte, wovon ich am andern Tag meines Kindes Medizin bezahlen sollte, wo ich ohne Kopfkissen lag, damit meine Marie ein sanfteres Bett hätte. Wie vieles war damals besser als jetzt ...! – – Sie schwieg, mehr nachdenkend als traurig.

Aber Liebe, Grünau liebt seine Kinder noch, liebt sein Weib – – Herrmann sagte dieses leise und unsicher; er hätte als redlicher Freund so sprechen können, aber jetzt war Falschheit in ihm, und fast böses Gewissen.

Was heißt das: Lieben? – Ja, er liebt, wie Ihr alle – besser wie Ihr alle, denn er ist besser – Wenn Ihr keinen Posttag habt, und nicht dies oder jenes zu treiben, und keine Spielpartie, und nicht zu Gaste essen, oder Euch ausruhen müßt – da trifft sich freilich mitunter ein Augenblick, wo Ihr sogar *fühlet*. Eure Pflicht wißt Ihr erfüllt zu haben, wenn Ihr so viel Geld verdient als zu honnetter Bestreitung des Haushalts vonnöten ist –

O Marianne, was für Erfahrungen haben Sie gemacht! Wie ganz anders sprachen Sie damals von Grünau's Liebe, als ... Er wollte sagen: als ich der meinigen entsagen mußte; aber er fürchtete, sie zu erschrecken, und schwieg.

Ich sprach damals, wie jetzt, was ich fühlte, damals, wie jetzt, Wahrheit – Wenn aber auch dieses Leben nicht einen Augenblick Blütezeit hätte! – Es ist alles, wie es sein soll. Damals liebten wir, und Sie, mein Bruder – ich habe es nicht vergessen – beglückten unsre Liebe. Die Blütezeit hat sehr lange gedauert: ich habe sie dankbar genossen – dann kam der Sturm unsers Schicksals, und unsre Liebe wurde fast noch schöner: die Phantasie war nach und nach daran verflogen, aber an Innigkeit, an wahrer Lebenswärme hatte sie zugenommen. Wenn nun eine schale Alltäglichkeit Gefühl und Geist entbehrlich macht, wenn das vergötterte Mädchen, das angebetete Weib mit der Zeit zur wohlbestellten Haushälterin und Kinderwärterin werden mußte – an *mir* ist ja die Schuld, daß in diesem Busen ein noch innigeres Feuer lodert, wie damals, da Jugend noch meine Wangen färbte. Entschädigt bin ich: was ich als Hausfrau, als Kinderwärterin tue, das Hemd, das ich nähe, der Brei, den ich rühre – es macht mich stolzer, wie ehemals meiner Liebe Glück. Aber wehe dem Mann, der sein Weib zwingt, sich das Bewußtsein erfüllter Pflicht genügen zu lassen!

Plan und falsches Vernünfteln waren jetzt bei Herrmann vorüber; er empfand nichts mehr als seine Liebe, und die Bitterkeit in Mariannens Herzen – Das ahnete ich in meinen Wäldern nicht! rief er – Gott! So lange ertrug ich eigne Freudenlosigkeit, weil ich Sie für glücklich hielt –

Er war heftig aufgesprungen, und stand mit gefalteten Händen vor ihr – Still doch! erwiderte sie leise – da bin ich ein Kind, lasse mich von meiner Müdigkeit verleiten, klage dem Menschen einmal etwas vor, und der nimmt es nun so tragisch, und sucht Beziehungen, die gar nicht daher gehören – Wir müssen uns ein für allemal verständigen, lieber Freund. Ich bin nicht unglücklich. Ich sehe deutlich, daß in dem Gang unsres Schicksals und unsrer Charaktere der Punkt kommen mußte, wo unsre Bedürfnisse und – unsre Gemüter so von einander abweichen würden, wie es jetzt zwischen Grünau und mir der Fall ist. Daß ich die Notwendigkeit nicht ohne Bitterkeit ertrage, ist *mein* Fehler; mein Gefühl ist ungerecht; es ist das eigennützige Begehren, daß Grünau auf *meine* Art glücklich sein soll – mir sollte genügen, daß er es ist, und ich sollte nur in meinen Kindern, in meinen Pflichten leben. Nur die Sehnsucht nach Liebe und die ewige Jugend in diesem Herzen zu fühlen, und mich verlassen zu fühlen, indem die Jahre der irdischen Jugend verstreichen: das füllt mich so oft bald mit Scham, bald mit Zorn und Rache!

Sie hatte unter dem Gespräch ihr Kind hingelegt, und hüllte ihr Gesicht, schmerzlich weinend, in ihr Tuch. Herrmann vermochte um so weniger, ihr Trost zuzusprechen, als ihr Schmerz etwas hatte, das seiner Liebe willkommen war. Gerührt und zerstreut ergriff er ihre Hand, die er mit Küssen bedeckte. Sie zog sie nach einigen Augenblicken hinweg – Ich habe Unrecht getan, sagte sie; ich habe eine gefährliche Schwachheit begangen, daß ich mir diese Ergießung erlaubte – doch ich kann es mir nicht vorwerfen, einmal Weib gewesen zu sein. Wenn Sie mich aber auch wieder so schwach sähen, so vergessen Sie nicht, Herrmann, daß ich Grünau'n, der meiner zu seinem Glück nicht mehr bedarf, geliebt habe. Was mein Unmut jetzt vor Ihnen laut werden ließ, legte ich schon längst in meines Mannes treues, wenngleich so verschieden von dem meinigen gebildetes, Herz. Denken Sie nicht, daß ich Sie zum Vertrauten machte. Wenn Grünau meinen Glauben an Männerwert betrog, so werden Sie und Ihr ganzes Geschlecht ihn nicht wieder beleben. Ich werfe Euch nichts vor; es ist Bedingung Eurer Natur, so leicht ohne Gefühl fertig zu werden – ja ich beschuldige mich, auf einen Abweg geraten zu sein –

Marianne! unterbrach sie Herrmann, in dessen Geist, bei so viel Sanftheit, Zärtlichkeit und Bitterkeit, wie ihm hier aus dem weiblichen Herzen kund wurde, kein klarer Begriff aufkommen konnte, und dessen Liebe sogar von fremden Empfindungen geteilt wurde – Sich wenigstens dürfen Sie nicht beschuldigen: verurteilen Sie

Grünau, verkennen Sie mich – ich sehe die Harmonie Ihrer Seele so gestört, daß es mir unmöglich ist, jetzt für mich oder für ihn das Wort zu führen; aber Überzeugung gegen Überzeugung! – mein Herz, mein nie beglücktes Herz hätte Ihren Glauben nicht betrogen –

Nie beglückt! darum eben – es war also nie auf der einzigen Probe, die das beste Männerherz nicht zu bestehen vermag – Ich habe nicht vergessen, Herrmann, daß Sie mir einst ein großmütiges Opfer brachten. Damals rührte mich Ihre Liebe, jetzt nicht mehr, denn ich achte keines Mannes Liebe mehr – Ich bin ein Weib, und brauche wen, vor dem ich weine: das ist's alles. Grünau'n sind meine Tränen lästig: es sei seine Strafe, daß ich sie hier vergieße!

Grünau war weit entfernt, die Gefahren zu ahnen, die über seinem Glück und seiner Gewissensruhe schwebten. Wenn Marianne glaubte, daß er sie nicht mehr liebte, so tat sie ihm sehr Unrecht. Sein offenes Herz und sein heiterer, gerader Charakter empfingen bloß die Modifikationen, welche die Umstände abwechselnd mit seiner Liebe vornahmen. In den Zeiten ihres ersten Wohlstandes ging ihr ganzes Leben einen poetischen Gang von leichter Arbeit, Gesellschaft, Geistesbeschäftigung, mit Familienfreude gewürzt. Wie Unglück und Armut hereinbrachen, riefen sie des braven Mannes edlere Kräfte auf; er kämpfte tätig gegen die Not, und fand seinen Genuß in dem Zirkel seiner Familie, der ihm ohnedies allein übrig blieb. Hierauf war endlich eine sichre, aber beschränkte Existenz erfolgt, die ihm täglich dasselbe Maß von Arbeit und Ruhe darbot, in der für jedes Bedürfnis gesorgt war, aber ohne den Überfluß, welcher die lästige Würklichkeit des häuslichen Lebens mit einem verschönernden Schleier ziert. Hier war es, wo das Mißverständnis zwischen den beiden trefflichen Herzen sich entspann. Grünau überließ jene Würklichkeit getrost seiner Frau, und ruhte seinerseits in alltäglichen Zerstreuungen aus; Mariannens höhere Bedürfnisse waren desto lauter in ihrem Herzen, je mühsamer und geistloser ihre Geschäfte waren. Ein solches Verhältnis, das auf Gewohnheiten und Empfindungen beruhte, die sich täglich und stündlich erneuerten, besserten und erschöpften keine Erklärungen. Nun war Herrmann dazwischen gekommen, dessen unerwiderte Leidenschaft sich schwankend dem Zufall überließ. Marianne fürchtete diese Leidenschaft nicht; sie glaubte, sie behandeln zu können, wie man stachliche Pflanzen unschädlich macht, indem man sie mit fester Hand zusammendrückt; die Irrtümer, welche der Unmut in ihrem Herzen erzeugte, trieben die Kühnheit ihrer moralischen Begriffe auf eine schwindelnde Höhe hinauf.

Der Anfang zu der gefährlichen Vertraulichkeit war gemacht. Herrmann hatte das Recht zu trösten, denn Marianne hatte sich zu klagen erlaubt. Des Kindes Krankheit befestigte das neue Verhältnis zwischen ihnen. Der Kleine bekam würklich die Blattern; seine langen und schmerzhaften Leiden hielten Mariannen zu Hause, und Herrmann stand ihr getreulich in ihrer Pflege bei. Die ehrwürdigen Tugenden, die er sie als Mutter und Hausfrau an den Tag legen sah, die gefühlvolle Herzlichkeit, mit der sie alles tat, das Wesen, durch welches sie dem Gemeinsten Schicklichkeit und Anstand gab: dies alles band ihn immer unauflöslicher; während seine zärtliche Teilnahme bei ihrer traurigen Überzeugung, daß sie das Kind verlieren würde, ihr seine Gesellschaft immer werter machte. Auch die Kinder hingen sämtlich an ihm mit aller ihrer Liebe. Man wartete auf ihn, klagte ihm, bat ihn um Dienste, indeß der Vater, fast ohne zu wissen, was in seinem Hause geschah, wie ein gleichgültiger Fremder ein und aus ging. Grünau hielt des Kindes Zustand gegenwärtig gar nicht für gefährlich, und es lag nicht in seinem Charakter, die Zukunft zu fürchten. Auch wollte es dieser guten Menschen strenges Schicksal, daß er gerade damals durch eine Bekanntschaft mit einigen Fremden, die sich in **stadt* aufhielten, in mehrere Lustpartien und Zerstreuungen als sonst gezogen wurde; er war daher selbst am Abend selten zu Haus, um so mehr, da Marianne auch dann das Kind nicht verließ, und es ihm nicht einfiel, daß er im Krankenzimmer vermißt werden könnte.

Hätte Herrmann verführen wollen, so könnten niemals einem Verführer alle Umstände so ausgezeichnet günstig gewesen sein. Aber sein edles, wenngleich allzu ungebundnes Gemüt hielt bloß *den* Plan für rechtmäßig, wenn Marianne ihn lieben könnte, zu Grünau frei zu sagen: tritt mir das Weib ab, der du nicht Freund noch Liebhaber mehr bist; ich werde sie beglücken! – Doch dahin konnte er *nie* kommen. Meist finster und stumm saß Marianne an ihres Kindes Bett. Je mehr sie sich von ihrem Gatten entfernte, desto lebhafter und verzweiflungsvoller wurde ihre Erinnerung an nie wiederkehrendes, vergangenes Glück. Das Kind wurde schlechter:

sie sehnte sich trostlos, an Grünau's Busen zu weinen, und empfing mit bitterer Resignation unzulänglichen Trost aus des ungeliebten Liebhabers Hand.

Der Arzt kündigte endlich den Eltern an, daß das Kind ohne Hoffnung wäre. Heftig ergriffen fuhr Grünau auf, und faßte Mariannens Hand. Aber Marianne hatte mit der Ruhe des Todes das längst erwartete Urteil vernommen; unwiderstehlich regte sich in ihr das Gefühl, wie lange sie vergebens sich nach dieser Hand sehnte: mit einem kalten Druck wies sie den endlich besorgten Gatten und Vater zurück. Er folgte ihr in das Krankenzimmer; er trat zu dem leidenden Kind, bei dessen Bett er Herrmann fand. Das Kind schien wenig auf ihn zu achten, es wandte sich bald von ihm ab, und gab weinend zu verstehen, daß es aus dem Bett wollte. Grünau eilte, es auf den Arm zu nehmen: es stieß ihn ängstlich zurück, streckte beide Arme nach Herrmann aus, der es nehmen mußte, und bei ihm war es ruhig und still.

In diesem Augenblick sank der Schleier nieder, der Grünau's Blick verdunkelte. Er stand betroffen da, und nun lehrte ihn jede Kleinigkeit, daß sein Platz in Mariannens häuslichem Zirkel, in seiner Kinder vertraulicher Liebe, von Herrmann besetzt, daß er Fremder in seinem Hause war. Sein Gefühl war unaussprechlich verletzt, sein Stolz beleidigt: er beobachtete Mariannen, die sich nicht verbarg; gegen Herrmann regten sich Empfindungen in seinem Innern, die zu heftig waren, als daß ihm nicht gegraut hätte, sie am Sterbebett seines Kindes zu äußern, und er verschloß sich in den Stunden, wo er sonst herumzustreifen pflegte, auf seinem Zimmer.

Am dritten Abend nach jenem Tage kam Marianne zu ihm, setzte sich stumm neben ihn, und nach einigen Sekunden sagte sie in einem fürchterlich kalten Ton: Herrmann hat ausgelitten – er ist tot!

Grünau sprang auf, ein ersticktes Ächzen hob seine Brust, er hielt beide Hände vor seine brennenden trockenen Augen. Vor einer Stunde war er an der offenen Türe des Krankenzimmers gewesen: Marianne hielt das sterbende Kind auf dem Schoß, Herrmann kniete vor ihr, und half die erkaltenden Füßchen des Kleinen mit Tüchern reiben; der Anblick hatte Grünau's Herz zerrissen, er war außer sich auf sein Zimmer gegangen – und jetzt hielt Marianne seine Dumpfheit für Kälte.

Ihren Schmerz gewaltsam in sich verschließend, wandelte Marianne noch zwei Tage herum; die beiden Männer schienen freundlich gegeneinander, sie zwang sich zu sein, wie in besseren Tagen, und jedes sah in des andern Gesicht das übertünchte Grab.

Sie legte einsam den kleinen Liebling in seine letzte Behausung, und trat dann in Grünau's Zimmer an das Fenster, wo sie ihn lesend fand. Man trug die Leiche vorbei – umsonst wollte die Mutter ihr Herz bezwingen: es zersprang in einem lauten Schluchzen. Grünau blickte dem Sarge nach; auch sein Herz brach, mit diesen bittern Worten: wenn man mich auch dahin trägt, erst dann werden deine Tränen getrocknet werden –

Sie erstarrten jetzt in Mariannens Augen, und blieben wie Eistropfen auf ihren blassen, erkaltenden Wangen stehen – Häufe nicht Unrecht auf Unrecht, bis wir beide, gleich erniedrigt, uns gleich verachten, sagte sie mit erstorbener Stimme – ich reichte meine Hand nach dir aus dem Strome, der mich dahinriß, ich bat und flehte – du gingst kalt am Ufer, und nun hat er mich verschlungen. Das Weib, das du jetzt niedertrittst, ist Marianne nicht mehr; Marianne ist tot, und Tote haben keinen Zorn – ich kann nicht mit dir rechten.

Sie wollte matt nach ihrem Zimmer gehen, als Herrmann und zwei ihrer Kinder an der Türe erschienen. Bestürzt über ihren Anblick, war er im Begriff, sie anzureden. Plötzlich raffte sie sich auf, und kehrte, ihn führend, in Grünau's Zimmer zurück – Laßt uns enden, hob sie an, indem sie beider Hände faßte – dich liebte ich einzig und treu, und du stießest mich von dir durch gefühllosen Leichtsinn: ich achte dich nicht mehr. Sie, Herrmann – finden Sie ein Weib, das Sie liebe, und ersparen Sie diesem Weibe meine Verzweiflung. Dem Glück bin ich tot – *hier* ist noch Liebe für mich! – Sie faßte beide Kinder in ihre Arme, und zog sie mit sich fort.

Die Männer blieben allein. Nach ein paar Stunden traten sie in Mariannens Zimmer. Sie standen Hand in Hand vor ihr; Grünau nahm das Wort: Wir haben uns gegeneinander erklärt, Marianne – Herrmann ist ein edler Mensch; er hat mich belehrt, daß ich fehlte, daß ich *mein* Schicksal verdiene – du bist frei! Wähle zwischen ihm und mir, zwischen dem Vater deiner Kinder, und dem Mann, der deine Stütze war, als ich ... in selbstsüchtiger Blindheit dir gebrach.

Herrmann zitterte, während Grünau mit männlicher Ruhe diese Worte sprach: Marianne hörte gefaßt zu – Ich bin von meinen Kindern unzertrennlich, antwortete sie – Natur und Gesetz binden die Kinder an dich; deine Gattin kann ich nicht mehr sein, aber eine gute Mutter werden deine Kinder haben –

Marianne, du wirst verzeihen, du wirst ...

Sie trat kalt zurück: Ich habe ein Wort gesprochen, das uns trennt –

Grünau schien von einem Phantom erschreckt, und legte die Hand vor die glühende Stirn. Alle schwiegen einen Augenblick – Sie haben entschieden, Marianne, sagte Herrmann – unwiderruflich entschieden?

Unwiderruflich.

Leben Sie wohl, meine Schwester – Er sagte es, und verließ das Zimmer.

Was wird aus Herrmann? fragte Marianne nach einigen Minuten.

Er geht nach Amerika zurück.

Das ist recht, antwortete sie, und fuhr ruhig mit ihrer Handarbeit fort. – Grünau näherte sich ihr, und sagte gerührt: Er opfert sich zum zweitenmal unserm Glück –

Ja, insofern es in der Erfüllung unsrer Pflicht liegt.

Mit einer Empfindung, als hätte er eine kalte Schlange berührt, wo er Blumen pflücken wollte, zog Grünau die dargebotne Hand zurück, und schlug schaudernd die Arme ineinander.

Herrmann hatte Gustav seinen Entschluß angekündigt. Dieser erstaunte, begriff nicht, und Herrmann machte ihn ihm nicht begreiflich. Er schrieb die ganze Nacht und reiste am andern Morgen nach dem nächsten Hafen ab.

Grünau saß an diesem Morgen stumm neben Mariannen beim Frühstück, als man ihm ein Paket brachte, welches Herrmann für ihn zurückgelassen hatte. Es enthielt, nebst einem versiegelten Papier unter Grünau's Adresse, worauf die Worte zu lesen waren: nach meinem *Tode* zu öffnen – folgenden Zettel.

»Marianne, Sie haben sich selbst und mich betrogen. Ich lernte Euer Geschlecht nie kennen, weder in meiner glühenden Jugend, wo ich nur Sie liebte, noch in jenen finstern Wäldern, deren Öde ich ewig nur mit meiner Sehnsucht nach Ihnen füllte. Ich hielt es für keinen Raub, in dem Gut, das Grünau fahrenließ, meine Seligkeit zu finden. Sie verblendeten mich durch den Zauber Ihres Kummers, Ihrer Klagen. Ich vergaß den Sinn Ihrer Worte, und hörte nur ihren rührenden Ton, der mit aller Macht der Liebe in mein Herz drang – der Wahn ist verschwunden vor Ihrem fürchterlichen Ernst. Hättest du mich geliebt, Marianne, auf meinen Armen hätte ich dich fortgerissen, jenseits des Meeres hätte meine Liebe dich beglückt, an meinen stillen Seen hätte deine Seele wieder sanft werden sollen, die allmächtigen Wasserfälle in meinen Wildnissen hätten dich gelehrt, einfach und frei zu sein, wie die große Natur! Du liebst mich nicht – liebst du auch ihn nicht mehr? O Marianne, sei wahr! Sei lieber schwach, aber wahr. Vor eilf Jahren warst du es. Da verließ ich diesen Weltteil, mit hoffnungslosem Schmerz im Herzen, aber doch selig, Euch beglückt zu haben. Jetzt fliehe ich – und bin tot dem Schmerz, wie der Freude, und erwache ich zum Gefühl, so ist Euer zerstörtes Glück die erste Empfindung meines Herzens, und Verzweiflung die letzte. Marianne, liebe deinen Gatten, vergiß seine Schuld! Eure Kinder – sagt ihnen nur, daß ich sie liebte; verschweigt ihnen Euer Unglück und mein Elend.«

Stillschweigend reichte Grünau seiner Gattin diese Zeilen. Sie suchte das Gefühl zu verbergen, mit welchem sie sie las; sie legte das Blatt zu den versiegelten Papieren: indem sie einen Blick auf diese warf, fuhr sie zusammen – eine und dieselbe Ahnung ergriff die beiden Gatten, aber ihr Sinn war zu verworren, um sich ihr Gefühl mitzuteilen.

In gleicher dumpfer Stille verstrichen mehrere Wochen. Der Vergangenheit ward nicht erwähnt, von der Zukunft wandte jedes den Blick ab. Grünau ging wenig aus; doch lebte Marianne, wie vorher, meist allein unter ihren Kindern. Nur schienen diese dem Vater und der Mutter teurer geworden zu sein. Wer die Familie gesehen hätte, würde die Eltern nicht für Gatten, sondern *die* Kinder für ein heiliges Vermächtnis abgeschiedner Freunde gehalten haben. Jedes bemühte sich abgesondert um die kleinen Geschöpfe: nur heimlich drückte Grünau dasjenige wehmütiger an seine Brust, welches zuletzt an Mariannens Busen geruht hatte, und sie lächelte dem am liebevollsten zu, welches soeben des Vaters Wohlgefallen auf sich gezogen hatte.

Mit dem einbrechenden Herbst trübte sich der Himmel. Es folgten einige Tage sehr stürmischer Witterung: Grünau bemerkte wohl, wie Marianne oft tiefsinnig auf den heulenden Wind horchte, während er in finsterem Nachdenken die getürmten Wolken betrachtete. Bald las man in allen Zeitungen von einer zahllosen Menge verunglückter Schiffe. Nach einiger Zeit erhielt das unglückliche Paar die Nachricht, daß Herrmann in den wilden Fluten seinen Tod gefunden hatte. Sein Schiff war gescheitert, und er war nicht unter denen, welche gerettet werden konnten. In seinem Gepäck fanden sich Nachweisungen, denen zufolge es der Kapitän nach **stadt* zurücksandte. Er hatte Grünau'n, als Vormund seiner Kinder, sein ganzes Eigentum zu übermachen befohlen; sein letzter Wille in den versiegelten Papieren, die nun geöffnet wurden, setzte diese Kinder zu seinen einzigen Erben ein.

Für Grünau war dies in der peinlichen Betäubung seines Wesens fast ein willkommener Schmerz. Er stürzte laut weinend zu Mariannens Füßen, und rief: wir haben ihn getötet! – – Sie drückte ihn wehmütig, wie eine gute Mutter ein fremdes Kind an ihren Busen, und sagte leise: Ihm ist wohl, laß uns sein Andenken ehren –

Heimlich mochte sie viel weinen, sie wurde matt und bleich. In Grünau hatte das Unglück die ganze Kraft der Liebe neu erweckt; aber seine innige Sorgfalt löste das düstre Stillschweigen nicht, das Marianne, mehr sich als ihm zur Strafe, wie ein Bußgelübde zu beobachten schien.

An einem der letzten Tage des Jahres beredete er sie zu einem Spaziergang, des Weges unkundig, gerieten sie in ein Dickigt von Tannen, und fanden sich an dem Ufer des benachbarten Stroms. Grünau schien zu erschrecken, und umwenden zu wollen. Marianne führte ihn näher an den Strom; sie stand lange, und sah in das still fließende Wasser, bis ihr erstarrtes Herz sich endlich löste, und große Tränen – die ersten, die sie seit Herrmanns Abreise vor mitfühlenden Zeugen weinte – ihre blassen Wangen herabrollten. Von dem lange entbehrten Anblick ergriffen, lag Grünau zu ihren Füßen

– Marianne! rief er durchdrungen – um seines nassen Grabes willen
– vergib mir deine und meine Schuld!

Sie sank in seine Arme. Oft weinte sie wieder vor ihm, sie suchte
wieder ihn zu beglücken – Vieles war wieder schön zwischen ihnen,
aber er *liebte* sie, und *sie* konnte nicht mehr glücklich sein.

Über den Autor

Therese Huber wurde als Therese Heyne am 07.05.1764 in Göttingen geboren; sie starb am 15.06.1829 in Augsburg.Ihr Vater Christian Gottlob Heyne war Professor für Altphilologie an der Universität Göttingen. Ihr erster Mann war der Naturforscher GeorgForster, mit dem sie von 1785 bis 1787 in Polen und von 1787 bis 1792 in Göttingen und Mainz lebte. In zweiter Ehe heiratete sie 1794 den Schriftsteller und Redakteur Ludwig Ferdinand Huber. Sie lebte von 1794 bis 1798 in Bôle bei Neuchâtel, 1798-1805 in Stuttgart und Ulm. Nach dem Tode ihres Mannes wohnte sie 12 Jahre bei ihrer zweiten Tochter in Stoffenried (Landkreis Günzburg) und 1807-1816 in Günzburg.Dann übernahm sie die Redaktion des von Cotta herausgegebenen Morgenblatts in Stuttgart für insgesamt 7 Jahre. Nach Augsburg übersiedelte sie 1823 und starb fast blind im Jahr 1829.Quelle: Wikipedia

Über tredition

Eigenes Buch veröffentlichen

tredition wurde 2006 in Hamburg gegründet und hat seither mehrere tausend Buchtitel veröffentlicht. Autoren veröffentlichen in wenigen leichten Schritten gedruckte Bücher, e-Books und audio-Books. tredition hat das Ziel, die beste und fairste Veröffentlichungsmöglichkeit für Autoren zu bieten.

tredition wurde mit der Erkenntnis gegründet, dass nur etwa jedes 200. bei Verlagen eingereichte Manuskript veröffentlicht wird. Dabei hat jedes Buch seinen Markt, also seine Leser. tredition sorgt dafür, dass für jedes Buch die Leserschaft auch erreicht wird.

Im einzigartigen Literatur-Netzwerk von tredition bieten zahlreiche Literatur-Partner (das sind Lektoren, Übersetzer, Hörbuchsprecher und Illustratoren) ihre Dienstleistung an, um Manuskripte zu verbessern oder die Vielfalt zu erhöhen. Autoren vereinbaren direkt mit den Literatur-Partnern die Konditionen ihrer Zusammenarbeit und partizipieren gemeinsam am Erfolg des Buches.

Das gesamte Verlagsprogramm von tredition ist bei allen stationären Buchhandlungen und Online-Buchhändlern wie z. B. Amazon erhältlich. e-Books stehen bei den führenden Online-Portalen (z. B. iBookstore von Apple oder Kindle von Amazon) zum Verkauf.

Einfach leicht ein Buch veröffentlichen: **www.tredition.de**

Eigene Buchreihe oder eigenen Verlag gründen

Seit 2009 bietet tredition sein Verlagskonzept auch als sogenanntes "White-Label" an. Das bedeutet, dass andere Unternehmen, Institutionen und Personen risikofrei und unkompliziert selbst zum Herausgeber von Büchern und Buchreihen unter eigener Marke werden können. tredition übernimmt dabei das komplette Herstellungs- und Distributionsrisiko.

Zahlreiche Zeitschriften-, Zeitungs- und Buchverlage, Universitäten, Forschungseinrichtungen u.v.m. nutzen diese Dienstleistung von tredition, um unter eigener Marke ohne Risiko Bücher zu verlegen.

Alle Informationen im Internet: **www.tredition.de/fuer-verlage**

tredition wurde mit mehreren Innovationspreisen ausgezeichnet, u. a. mit dem Webfuture Award und dem Innovationspreis der Buch Digitale.

tredition ist Mitglied im Börsenverein des Deutschen Buchhandels.

Dieses Werk elektronisch lesen

Dieses Werk ist Teil der Gutenberg-DE Edition DVD. Diese enthält das komplette Archiv des Projekt Gutenberg-DE. Die DVD ist im Internet erhältlich auf **http://gutenbergshop.abc.de**